L'usurier Blaizot à son ami l'huissier Tête.

LES OIES DE NOËL

I

Le reneuvier.

Dans la rue du Tillô, à Dijon, demeurait, il y a quarante ans, le bonhomme Blaizot; on l'appelait bonhomme à cause d'une certaine rondeur de manières et de langage.

Quelques gens portent des habits que l'on pourrait appeler *accusateurs*. Blaizot ne s'était jamais fourni dans cette garde-robe. L'hiver il s'enveloppait d'une houppelande marron et allait aux offices les mains perdues dans un petit manchon dont l'usage n'appartient aujourd'hui qu'aux femmes. Ses jambes de cerf, sèches, n'avaient jamais eu le moindre rapport avec le pantalon. Depuis sa jeunesse, les mollets du bonhomme, protégés par un simple bas blanc, subissaient, sans les craindre, les injures des saisons. Soleil et pluie, neige et grêle, les mollets avaient tout supporté, sans jamais varier de forme.

Mieux que les almanachs, le bonhomme Blaizot indiquait à ses compatriotes l'arrivée du printemps. Comme tout Dijon le connaissait, ses habits servaient de baromètre aux Dijonnais. Après les giboulées, Blaizot se revêtait de nankin.

« Bon, disaient les commères de la rue du Tillô, le bonhomme Blaizot a mis ses habits printaniers. »

Si un incrédule hasardait l'opinion que les froids n'étaient pas encore passés et qu'il y aurait des pluies en avril :

« Vous ne savez guère ce que vous dites, lui répondait-on : jamais le bonhomme Blaizot ne s'est trompé. Il est plus savant que Matthieu Laensberg. »

Blaizot était propriétaire d'une de ces maisons bourgeoises, ni trop vieilles, ni trop jeunes, qui n'apprennent rien à l'œil du curieux. Les femmes entre deux âges déroutent les observateurs : il en est de même des maisons; cependant il est rare que la maison, si elle est habitée depuis quelques années, ne prenne pas trace des habitudes de son propriétaire. L'homme imprime partout son empreinte, comme s'il se laissait tomber sur une nappe de neige.

Deux bancs de pierre, adossés à la maison indiquaient que le bonhomme recevait de nombreux visiteurs. Dans certaines provinces, les bancs de pierre sont les antichambres des gens d'affaires. Tous les notaires de petites villes ou de villages ont des bancs de pierre aussi obligés que les panonceaux.

Les bancs de la maison Blaizot étaient usés en décrivant une courbe vers le milieu.

Les juges d'instruction, dont l'esprit sait découvrir le bout de fil dans l'écheveau emmêlé d'un crime, auraient deviné par ce banc de pierre, légèrement creusé au milieu, que des groupes de clients nombreux venaient s'asseoir fréquemment en cet endroit.

A quelque distance du banc, des anneaux de fer étaient fichés au mur, indice certain du séjour d'hommes à cheval ou en voiture.

Le bonhomme Blaizot était reneuvier.

A Dijon, moyennant une certaine somme, les faiseurs d'affaires, qui jadis prêtaient un bœuf à un laboureur, tenu d'en rendre un du même âge à la Saint-Jean, étaient dits *reneuviers*.

Les reneuviers, honnêtes gens dans le principe, s'aperçurent, après un certain nombre d'expériences, que l'argent rapporte plus que le meilleur lopin de terre au soleil.

De cette école fut le bonhomme Blaizot, qui appliqua en grand la médecine aux métaux. Son argent paraissait dévoré de fièvre, tant il savait le faire suer. Blaizot commença par prêter des bœufs, suivant les us et coutumes; mais, comme les emprunteurs venaient tous les jours en groupes plus serrés, le bonhomme pensa que tous les bœufs de la Bourgogne n'y suffiraient pas, et que la ville ne serait pas assez grande, quand bien même elle serait convertie en une seule étable.

Il prêta de l'argent.

Les Dijonnais n'en surent rien, ou, ce qui est plus présumable, n'en voulurent rien savoir, car Blaizot n'exerça son industrie qu'avec les paysans des environs. Pour ses concitoyens de la ville, il resta le bonhomme Blaizot, un richard, allant à l'église régulièrement et rendant volontiers service. Le reneuvier fut tout miel pour les citadins, tout vinaigre pour les campagnards.

Aussi les samedis, qui sont les jours de grand marché, la rue du Tillô était-elle encombrée de voitures de fermiers qui, venant traiter d'affaires avec le bonhomme, remplissaient de bruit et de tumulte cette rue, si calme d'ordinaire. Les paysans s'asseyaient sur les bancs de pierre, et ne pénétraient dans le cabinet du bonhomme que tour à tour, appelés par la Rubeigne.

Cette servante, les dix doigts de Blaizot, était une paysanne de quarante ans, qui criait et glapissait dans la maison comme si elle en eût été la dame. Au fond, elle avait pour son maître un vif attachement, que de mauvaises langues commentaient en mauvaise part. La vie de Blaizot était tellement réglée et ses mœurs si régulières au dehors, que la Rubeigne devait avoir tous les droits des gouvernantes, basés sur de longues relations.

Le samedi qui précéda la fête de Noël, la Rubeigne remarqua, non sans étonnement, la couturière Alizon, attendant sur le banc que les fermiers fussent introduits.

Alizon était une des plus jolies ouvrières de Dijon.

« Que vient-elle faire chez mon maître? Elle doit savoir qu'il ne reçoit que les gens de campagne. Cette fille est jeune et jolie. » Telles furent les impressions de la Rubeigne, qui fit la moue en entrant dans le cabinet du bonhomme Blaizot.

« Il y a à la porte, dit-elle, la *couzaigne* Alizon qui attend. »

Ce mot *couzaigne*, qui veut dire à la fois cousine et blanchisseuse, ne s'emploie guère qu'en mauvaise part, et trahissait les pensées de la gouvernante.

« Qu'est-ce que me veut la *couzaigne?* dit Blaizot. Puis il ajouta : Fais-la entrer. »

Alizon fut introduite; elle rougit dès le pas de la porte. La Rubeigne sortit.

« Eh! dit Blaizot, c'est la jolie fille à Cancoin.... Tu viens pour le loyer, n'est-ce pas?

— Oui, monsieur Blaizot.... comme vous dites.

— Je m'en vas te préparer la quittance.

— Pardonnez, monsieur Blaizot, tout du contraire. Le père m'a envoyé pour vous dire qu'il était bien fâché d'être en retard.

— Ah! dit Blaizot.... Eh bien! pourquoi n'est-il pas venu lui-même?

— C'est qu'il est allé livrer une commande de tonneaux.

— Où ça? demanda Blaizot.

— A la Mal-Chaussée.

— Et quand reviendra-t-il, ton père?

— Demain, monsieur Blaizot.

— Tu lui diras de passer me voir.... Sais-tu, dit le père Blaizot en la reconduisant, que t'es un joli brin de *femmelôte?* »

Alizon sans répondre sortit du cabinet. Dans l'antichambre se tenait la Rubeigne, qui semblait fort occupée à brosser une paire de souliers.

« Bonjour, madame Rubeigne, dit Alizon.

— Adieu, la couzaigne, » répondit la gouvernante.

II

Ce qui arriva au hameau de la Mal-Chaussée.

Ce jour-là, dès cinq heures, Cancoin était parti pour livrer sa cargaison de tonneaux.

Le hameau de la Mal-Chaussée est composé de six maisons écartées, qui ont été bâties dans l'emplacement le plus mal choisi de toute la Bourgogne. Le terrain, fertile partout ailleurs, est en cet endroit sablonneux et d'un maigre rapport.

Sur les six maisons, on compte cinq méchantes cabanes, où demeurent de pauvres gens, qui gagnent misérablement leur vie en travaillant pour le fermier Grelu.

Ce fermier possède l'habitation de meilleure apparence; mais si elle brille au milieu des masures, c'est grâce au principe de la royauté du borgne dans le pays des aveugles. De grandes herbes décharnées se dressent sur le toit principal, des herbes qui n'ont pas la couleur réjouissante des vieilles mousses sur les tuiles. Les haies qui entourent le jardin potager sont poussiéreuses et mal entretenues.

Dans la cour picorent des coqs et des poules; les poules sont maigres, et le chant des coqs a un timbre qui ne ressemble pas au joyeux cri des coqs de bonnes maisons. Un dindon morne, à la crête pâle, est monté, par extraordinaire, sur une charrette cassée. Deux pigeons mélancoliques se tiennent en haut d'un pigeonnier dont le toit est troué.

L'étable ouverte laisse entrevoir un âne qui a une genouillère de toile à la jambe : outre cette blessure, l'âne paraît avoir supporté de longues fatigues, car un de ses côtés est pelé par le frottement du bât. Il a pour compagnon un cheval de labour maigre, dont les yeux troubles ressemblent à ceux des gens qui ont porté toute leur vie des besicles.

Cancoin, qui avait passé toute la journée à siffler gaiement dans sa voiture, suspendit son sifflet en apercevant un filet de fumée sans consistance qui sortait timidement d'une des cheminées de la première cabane. Le tonnelier n'était plus qu'à une portée de fusil de la Mal-Chaussée, dont le nom change suivant les gens qui en parlent. Les Dijonnais de distinction l'appellent la Mal-Bâtie; les bourgeois la Mal-Chaussée; les ouvriers, la Mal-Fichue, et plus énergiquement encore.

Ces surnoms semblent avoir porté malheur à ce hameau, auquel se rattache une lugubre histoire d'assassinat dont les vieillards de Dijon parlent encore. Cet assassinat, faux ou vrai, car on ne sait le nom du meurtrier ni de la victime, fut commis, dit-on, avant la bâtisse du hameau, et les superstitieux prétendent que rien, ni hommes, ni bêtes, ni plantations, ni semailles, ne peut réussir sur un terrain souillé par le meurtre.

Pour ces raisons, Cancoin cessait de siffler aux environs du hameau. Il entra donc avec sa voiture dans la cour silencieuse; les animaux s'enfuirent comme étonnés d'être dérangés dans leur fainéantise.

Le tonnelier attacha son cheval à l'anneau d'une auge, et se dirigea vers le corps de bâtiment. La première chambre d'une ferme a d'habitude quelque chose de réjouissant. D'abord se présente à la vue le grand foyer noir avec les fagots qui petillent sur les hauts chenets de fer. Au-dessus de la cheminée, sur le mur que les mouches ont décoré d'agréments noirs, Napoléon fait pendant au Juif errant. Un râtelier, portant des fusils au canon brillant, cache quelques parties des estampes aux vives couleurs. A droite, un buffet-dressoir déroule la collection de vaisselle en faïence dite porcelaine de Tours. On guérirait un hypocondriaque en ornant sa chambre de ces plats d'un ton brutal, mais gai, où des coqs et des fleurs sont peints avec autant de candeur que de simplicité. A gauche, tient un large espace le lit, qui a conservé l'ampleur des couches du moyen âge. Les rideaux sont de cette ancienne toile de Perse, que les amateurs recherchent aujourd'hui avec tant de persévérance. Dans un coin ombreux, la lumière pique de points blancs la batterie de cuivre, et la fait ainsi sortir de son obscurité.

A la ferme de la Mal-Chaussée, la vaste cheminée, les fusils, les images d'Épinal, la faïence, le lit et les instruments de cuisine avaient subi des accrocs, des dégradations, des déchirures, de la rouille, des ébréchures, et étaient souillés de toiles d'araignées. Les vitres de la chambre, verdies par la poussière, ne donnaient passage qu'à un jour maussade.

Cancoin, qui entrait brusquement, s'arrêta en voyant la fermière devant un lit d'enfant. L'enfant était saisissant de beauté, les yeux extraordinairement allongés en amandes. Deux taches roses sur les joues tranchaient particulièrement sur une teinte jaune de cire. L'enfant était coiffé d'un haut bonnet de coton rond, sans mèche, qui paraissait soufflé.

Sur la tête du petit malade, le comique bonnet de coton devenait mélancolique et chassait toute idée de joie.

« M'nenfant, disait la fermière, parle-moi voir un peu. »

Mais l'enfant était aussi muet que son grand bonnet de coton. A chaque instant il semblait que ses grands yeux fixes s'allongeaient : son regard prenait des rayons d'une fixité impossible à rendre. L'enfant semblait chercher à traverser les murs, et une mélancolie profonde ressortait des mouvements du petit être plein de résignation.

« Madame Grelu? » dit Cancoin, attristé par cette scène.

La fermière tressaillit en entendant une voix.

« Votre petit est donc malade? dit le tonnelier.

— Oh! oui, bien malade, le pauvre chéri! »

En même temps la fermière se courba sur le lit pour embrasser l'enfant : elle devenait gourmande de baisers.

« Qu'est-ce qu'il a? demanda Cancoin.

— Est-ce qu'on sait, disait-elle; il n'y a pas huit jours l'enfant *gipaillait* (folâtrait), *gâdru* (gros, bien portant); il était gentil comme les amours, jamais on n'en avait vu de pareil. Puis, tout d'un coup, il *a* devenu triste, pâlot, maigrichon, plein de dégoûts pour la nourriture....

— Ce n'est rien, dit Cancoin, c'est la croissance.... tous les enfants de son âge sont comme ça. »

La fermière secoua la tête d'un air de doute :

« Oh! non, dit-elle. Regardez donc ses pauvres petites *babaignes* (lèvres) pâles; elles étaient, n'y a pas si longtemps, rouges comme des pommes à sucre. D'ailleurs, l'médecin l'a condamné, m'nenfant.... Il dit que les drogues n'y peuvent rien faire et qu'il faut tout attendre du bon Dieu.... C'est pourtant comme mon enfant Jésus. Et le père, si vous voyiez son chagrin!... Ca lui a fait tant de peine de voir son *fieu* dans un état pareil, qu'il est parti aux champs.

— Il faut toujours conserver de l'espoir, dit Cancoin. A quoi ça sert de se désespérer pareillement?... On en a vu de plus malades revenir au soleil... »

L'enfant fit un mouvement dans le lit.

« Est-ce que tu n'es pas bien? dit la fermière, qui courut chercher des oreillers à son lit pour les mettre sous la tête du malade. Tenez, dit-elle en arrangeant les couvertures, voyez donc ses pauvres chers petits bras.... Il n'y a plus que les os; ça ferait pleurer la nature.... Il ne parle plus, il ne mange plus; il m'aimait tant, et maintenant plus d'*aimorôtes* (caresses)!

— Il fait bon soleil dehors, madame Grelu, vous devriez ouvrir la fenêtre, » dit le tonnelier.

Comme la fermière, les yeux fixés sur son enfant, ne répondait pas, le tonnelier alla lui-même à la croisée, et le soleil, qui renonçait à pénétrer la crasse des carreaux, se précipita dans la chambre. Le petit malade parut réjoui de cette chaleur bienfaisante.

« Qué bonne idée vous avez eue, mon bon monsieur Cancoin, dit la mère; ça le ravigote, m'nenfant.

— Voyez-vous, madame Grelu, il ne faut pas être triste près de l'enfant.... Ils ne comprennent que trop. Tâchez de l'amuser un peu; si on les laisse dévorer par la maladie, ils sont perdus; moi, je sais ce que c'est. J'ai eu sept enfants : eh bien, quand je les voyais malades, vite je tâchais de les distraire. C'est comme pour le mal de dents, si on peut l'oublier, on ne l'a plus.... A-t-il des joujoux, votre petit?

— Oh! ce n'est pas ça qui lui manque.

— Eh bien, allez les querir, et mettez-les sur la couche. »

La fermière courut à l'armoire et en rapporta un petit chien de carton peint, une poupée et un sifflet. L'enfant resta morne à la vue de ces jouets, quoique Cancoin essayât de faire aboyer le chien de carton. Mais le chien paraissait triste de ne pouvoir faire entendre ses cris; il y avait une fissure dans le soufflet de peau. La poupée n'avait jamais été destinée à donner signe de vie : c'était une personne aux rouges couleurs, d'une physionomie remplie tout à la fois de candeur et de niaiserie. Le sifflet força Cancoin à enfler ses joues d'une manière démesurée sans arriver à aucun résultat : il était bouché.

« Ils sont bien abîmés, vos joujoux, dit Cancoin, je n'en donnerais point une *arnôte* (une obole). Il n'y en a pas d'autres?

— Non, dit la fermière.

— Alors, madame Grelu, égayez-le n'importe comment.... je ne sais pas.... Chantez-lui quelque chose.

— Vous croyez? dit-elle.

— Sans doute. »

Alors la fermière chanta d'une voix plaintive cet ancien noël, populaire dans les villages aux alentours de Dijon :

Laissez paître vos bêtes,
Pastoureaux,
Par monts et par vaux;

Laissez paître vos bêtes,
Et venez chanter Nau.

J'ai ouy chanter le rossignô,
Qui chantait un chant si nouveau,
Si bon, si beau,
Si résonneau ;
Il m'y rompait la tête,
Tant il prêchait
Et caquetait;
Adonc pris ma houlette,
Pour aller voir Naulet.

Le petit malade ne disait rien; mais il ouvrait la bouche comme quelqu'un qui écoute avec grande attention. A la fin du second couplet la fermière essuya ses larmes.

« Vous chantez ça trop tristement, dit Cancoin; il faut y mettre de la réjouissance, sans quoi vaut mieux se taire. »

Le brave tonnelier unit la pratique à la théorie ; et cherchant à adoucir sa rude voix, il continua le noël :

Je m'enquis au berger Naulet.
As-tu ouy le rossignolet
Tant joliet,
Qui gringotait
Là-haut sur une épine?
Oui, dit-il, oui,
Je l'ai ouy ;
J'en ai pris ma doucine,
Et m'en suis réjoui.

Malgré le soin que prenait Cancoin de mettre une sourdine à sa voix, elle rendait de tels sons que Grelu, qui rentrait, s'arrêta à la porte, étonné d'entendre un chant si joyeux dans une maison qu'il avait quittée morne et silencieuse.

Le fermier entra et regarda avec inquiétude son enfant, dont les yeux clignaient, comme offusqués par la vibration puissante du chant du tonnelier.

« Comment va le petit, dit-il ?

— Je ne sais, répondit la fermière; il m'a quasi l'air effrayé.

— Bonjour, monsieur Grelu, dit Cancoin interrompu dans sa chanson; j'ai amené vos tonneaux.

— Ah! fit en soupirant le fermier, qui ne se souciait guère de tonneaux en ce moment. »

Grelu était un paysan de haute taille, les épaules voûtées. La campagne ne lui avait pas communiqué cette grosse santé qui fait la richesse des paysans. Le chagrin ressortait de chaque trait de son visage; ses cheveux étaient gris et rares.

Pour habit Grelu avait une mauvaise veste de toile, appelée *biaude* dans le pays ; c'est le vêtement des pauvres gens. Encore sa biaude était-elle déchirée en maints endroits. Il passait chez ses voisins pour un caractère *dangraignar*, c'est-à-dire en dessous, et par là n'inspirait pas grande amitié. Bon nombre de gens jugent ainsi sur la mine. Ils ne s'inquiètent pas de la vie antérieure, des malheurs de chagrins d'un homme; ils le jugent sur l'état présent.

Cependant Grelu était bon et serviable ; il aimait sa femme comme on aime celle qui a suivi l'homme dans la voie douloureuse; il aimait ses enfants comme on aime des innocents qu'il faut élever à subir une vie semblable à la sienne; mais, hors de la famille, hors du foyer domestique, le fermier devenait triste. Il avait malheureusement une intelligence au-dessus de celle des gens de la campagne, et son intelligence ne l'avait mené qu'à des mal-réussites.

Grelu avait acheté à bon compte la ferme : ce bon compte fut en réalité le plus mauvais des marchés. Quand, au bout de quelques mois de séjour, il eut calculé les réparations à faire, les fumages considérables qu'il fallait faire subir aux terres pour en bonifier la nature, Grelu tomba dans l'abattement, n'étant pas assez riche pour toutes ces dépenses.

Au lieu de prendre son courage à deux mains, il entretint sa femme de ses désillusions. C'est souvent la plus contagieuse des maladies. La fermière fut saisie des confidences de son mari. A tous deux l'avenir parut chargé de malheurs. Le mari et la femme passaient des nuits sans sommeil à se dire : « Comment ferons-nous? » sans penser à arracher cette terrible racine de découragement qui s'empare si facilement de l'esprit.

Grelu, en dernier ressort, fréquenta la maison du bonhomme Blaizot; dès lors ses terres furent plantées d'hypothèques, autre mauvaise graine qui rapporte des saisies et des procès.

L'enfant malade poussa tout à coup un long soupir. La fermière croyant que c'était le dernier, tomba à genoux anéantie.

« Seigneur du bon Dieu, s'écria-t-elle, notre *fieu* est mort !

— Non, dit Cancoin, il respire un peu gros seulement.... N'ayez garde, je suis certain que l'enfant reviendra.

— Si ce n'est pas triste, dit le fermier, de voir notre innocent dans un tel état! J'aimerais mieux le voir aller tout d'un coup au pays de claque-dents que de l'entendre souffrir en détail si longuement.

— Ce n'est pas bien parler, monsieur Grelu, reprit le tonnelier; est-ce que dans ce monde nous n'avons pas besoin d'un peu de résignation ?... Il faut se faire une raison, sans quoi il n'y aurait plus qu'à se jeter à l'eau la tête la première.

— Vous ne savez guère ce que je souffre, dit Grelu.

— Bah ! dit Cancoin, moi qui vous parle, j'ai sept enfants. Eh bien, le dernier a été l'autre jour maladif : il ressemblait au vôtre, le médecin l'avait condamné.... Ils condamnent toujours maintenant, et ils ont raison. Si le malade revient, on ne pense plus à ce qu'ils ont dit, tandis que s'ils promettaient de le guérir et que le malade s'en aille *ad patres*, on recevrait un plus rude coup, puisqu'on ne s'y attendait pas. Donc je vous disais que mon dernier souffrait cruellement et qu'il s'éteignait tous les jours. Moi, je suis obligé de travailler; que je me porte bien ou non, la famille est là qui compte sur mes bras. Je partais le matin pour la tonnellerie; mais, sacristi, que de courage il me fallait pour lever mon marteau! A chaque coup j'étais obligé de me remonter le moral. Il me semblait que mes forces s'en allaient avec celles de mon enfant. Un matin, j'apprends qu'il a une crise, le délire, le tremblement, quoi; parole d'honneur, j'étais dans le même état, je frappais sur mes tonneaux à tort et à travers, je *bûchais* sur tout. Le soir, je retourne à la soupe.... mon enfant était guéri. Ah! quelle joie ça nous a fait dans la maison! Ma femme en était folle: « Voilà, dit-elle, la meilleure preuve que le bon Dieu nous entend. J'ai passé la nuit à le prier de sauver notre garçon, et il m'a accordé ma demande.

— Vous êtes un brave homme, vous, dit le fermier; j'ai le cœur si gonflé que, ma parole, j'avais oublié qu'il y a un Dieu. Ma femme, prions pour l'enfant! »

La fermière tomba à genoux, sans abandonner la main de son fils, qu'elle pressait dans ses deux mains. Le tonnelier et Grelu s'agenouillèrent près du berceau, et ces âmes naïves s'unirent par la prière.

L'enfant regarda d'un dernier regard ces trois têtes, baissées pieusement vers la terre, et poussa un long soupir.

« Ah! dit la fermière en se levant brusquement, sa main se roidit. »

Grelu se précipita vers le berceau.

« Mort! » dit-il d'une voix sourde.

La fermière se laissa tomber sur une chaise, sans mouvement.

« Monsieur Grelu, dit Cancoin pour distraire le père de sa douleur, votre femme se trouve mal.... Vite! courez chercher quelque chose.... »

Le fermier vaguait par la chambre, sans trouver ce qu'il cherchait.

Il ne cherchait rien: la mort de son fils le rendait comme ivre.

« Eh bien! dit Cancoin qui voyait le trouble dans lequel était plongé Grelu; eh bien! un peu de courage!

— Bah! dit le fermier, je voudrais crever aussi.

— Ah! monsieur Grelu, vous n'êtes pas raisonnable; vous n'êtes donc pas un homme? s'écria le tonnelier. Allons, venez près de votre femme, la voilà qui revient à elle. Aidez-moi à la consoler; les femelles ont le cœur faible. »

La fermière ouvrit les yeux. Son premier regard fut pour le berceau; elle y courut d'un bond, croyant qu'elle sortait d'un mauvais rêve; mais elle ne s'aperçut que trop vite de la terrible réalité.

« Ah! » s'écria-t-elle d'une voix brisée.

Tout à coup deux flots de larmes jaillirent de ses yeux, et les sanglots emplirent la salle. Les larmes sont contagieuses; Grelu pleurait comme un enfant. Le mari et la femme étaient affaissés sur eux-mêmes, la tête dans les mains. Le tonnelier respectait leur douleur, et se gardait d'interrompre leurs larmes par de vaines paroles.

Seulement il alla vers le lit de l'enfant et le recouvrit de son drap, afin que la mère, en levant les yeux, n'aperçût pas cette figure pâle et privée de vie.

Les époux passèrent deux heures dans la désolation. Le fermier le premier reprit courage.

« Mon brave Cancoin, dit-il, il est temps de vous reposer; laissez-nous veiller la nuit auprès du corps de notre enfant. »

Cancoin obéit et se coucha l'esprit attristé en pensant au malheureux événement qui venait de frapper le fermier; cependant il s'endormit à la tombée de la nuit, mais d'un sommeil agité. Cancoin voyait en rêve sa famille qu'il avait laissée en pleine santé, tandis que le deuil était chez Grelu. Tout à coup le tonnelier s'éveilla brusquement; il lui semblait avoir entendu, dans le calme profond de cette maison visitée par la mort, un roulement de voiture.

« Je rêvais, » se dit Cancoin.

Alors il ferma les yeux, essayant d'appeler le sommeil; mais de nouveau, ses yeux furent subitement blessés par une lumière ardente. Par un mouvement machinal, Cancoin porta sa main sur ses sourcils, et la nuit revint. En retrouvant le sommeil, le tonnelier laissa tomber son bras; encore une fois une lueur extraordinaire le réveilla.

« Qu'est-ce? dit-il en sautant de son lit. D'où vient cette clarté? »

En même temps il ouvrit la fenêtre, qui donna entrée à une épaisse fumée.

« Au feu! au feu! cria Cancoin en saisissant à la hâte son pantalon et sa veste; au feu! »

Ce cri sinistre, qui réveille en une seconde toute une ville, qui prend des tons menaçants dans le silence, resta sans réponse. Cancoin, d'une violente poigne, enleva la serrure de la porte plutôt qu'il ne l'ouvrit, et descendit l'escalier en continuant d'appeler au secours.

Il lui fallait traverser la pièce où reposait le mort. Cette pièce n'était pas éclairée; mais l'incendie y répandait ses premiers rayons sanglants.

Le tonnelier aperçut la fermière agenouillée près du berceau de l'enfant. Il crut d'abord qu'elle était morte: ni le feu ni les cris ne l'avaient dérangée.

« Madame Grelu! dit Cancoin en courant à elle et en la tirant par le bras.

— Laissez-moi, dit la pauvre mère sortant de son immobilité.

— Le feu est à la ferme, sauvez-vous, » reprit Cancoin.

Il ouvrit la porte de la première salle; le feu parut plus menaçant.

« Où est votre mari? demanda le tonnelier.

— Je ne sais, dit la fermière.

— Vite.... relevez-vous! Il faut vous sauver.... »

Cancoin, qui ne recevait pas de réponse de cette pauvre désolée, courut dans la cour. L'incendie venait des étables ou du grenier à foin : il était impossible de sortir de la ferme par la porte charretière.

Tout à coup les animaux se réveillèrent à demi asphyxiés en remplissant l'air de leurs cris. Le tonnelier courut à l'étable, dont la porte était brûlante : des flammèches de feu tombaient du fointier sur le dos de l'âne malade, qui poussait des cris lamentables. Le cheval maigre s'était réfugié dans un coin de l'écurie et hennissait des sanglots. Malgré tout son désir de sauver ces animaux, Cancoin fut obligé de sortir vivement de l'étable remplie de vapeur et de feu. Il tira son couteau, et coupa la longe qui retenait l'âne; mais à peine cet animal fut-il libre qu'il recula dans le fond de l'étable, près du cheval, et tous deux mêlaient leurs cris de terreur. Il était impossible à Cancoin de pénétrer jusque-là, d'autant plus qu'il savait la ténacité des animaux à rester, par frayeur, dans les lieux incendiés.

Il retournait vers la fermière, lorsque le pigeonnier, qui brûlait intérieurement, tomba presque à ses pieds, laissant sur le fumier des pierres et des pigeons également calcinés. L'incendie, qui jusqu'alors avait travaillé mystérieusement comme un voleur, se montra audacieux quand il fut sûr de sa proie. Les flammes sortirent victorieuses du pigeonnier abattu, et se séparèrent, les unes montant vers le ciel, les autres rampant sur les toits voisins.

Le corps d'habitation de la ferme était en danger; il n'y avait plus un moment à perdre. Cancoin courut à toutes jambes vers la fermière, qu'il retrouva près du cadavre de son enfant.

Une chaleur intense régnait dans la première pièce.

« Sauvons-nous, » dit le tonnelier.

Et il ouvrit la fenêtre qui, heureusement, donnait sur la route.

« Laissez-moi mourir avec mon *fieu*, dit la fermière.

— Du courage, diable! dit Cancoin. Passons vite par la fenêtre; il n'est que temps.

— Ah! mon chéri, dit la mère en sanglotant et en se précipitant sur le cadavre de son enfant.

— Il ne faut pas qu'il brûle, dit Cancoin, » qui tenta un dernier moyen de sauver la fermière.

Il saisit l'enfant dans ses bras et enjamba la fenêtre. La Grelu le suivit aussitôt.

« Restez là, dit Cancoin en la conduisant à quelque distance de la ferme.... Je vais chercher à sauver le peu que je pourrai. »

Le tonnelier retourna vers la maison qui brûlait, et jeta par la fenêtre tout ce qui lui tombait sous la main. Pendant qu'il travaillait avec courage, les habitants du hameau avaient eu l'éveil et accouraient vers la ferme, guidés par l'incendie. Mais leurs secours étaient inutiles : le feu était le maître et prenait la part du lion. Quelques meubles, quelques ustensiles de cuisine, seuls, étaient jetés sur le gazon, quand Cancoin jugea prudent de se retirer.

Il fut entouré à l'instant des gens du hameau, qui regardaient tristement les progrès du feu et demandaient des détails.

« Tas de lâches, dit Cancoin, ne feriez-vous pas mieux, au lieu de vous croiser les bras, de m'aider à transporter plus loin ces meubles qui vont brûler. »

Les paysans, dominés par le tonnelier, se préparaient à lui obéir, lorsqu'un homme noir, les vêtements brûlés, sauta par la fenêtre d'où venait de descendre Cancoin, et roula sur le gazon.

« D'où sort-il, celui-là? dit le tonnelier. »

Et il se baissa pour lui porter secours.

« Seigneur, dit-il, c'est Grelu!... Qu'on le porte à la première maison et qu'on tâche de le faire revenir.... Il n'est qu'évanoui. »

Deux paysans prirent le fermier par les jambes et par la tête, et le conduisirent à la plus proche cabane. Cancoin suivait ce triste cortége.

« Vous ne l'avez pas vu entrer dans la ferme? demandait-il aux paysans. Je l'ai cherché au commencement du feu.... il n'y était pas; seulement sa femme veillait auprès de l'enfant mort. »

Quand Grelu put recevoir les soins que nécessitait son état, Cancoin, qui perdait la tête au milieu de ces embarras, se rappela alors que la fermière était abandonnée dans la prairie. Il recommanda aux paysans de veiller sur le fermier, et partit pour chercher la mère infortunée. L'étonnement du tonnelier fut grand en ne retrouvant plus la fermière. Il chercha, croyant s'être trompé de chemin; mais rien ne lui indiqua la trace de la Grelu. Il appela de sa plus forte voix. L'incendie répondit seul, par ses craquements et ses petillements, à son appel.

Le tonnelier courut vers la ferme brûlée, dont à chaque minute un mur disparaissait avec fracas, mêlant à la fumée de l'incendie des nuages de poussière. Un doute cruel s'était emparé de l'esprit de Cancoin. Il pensait que la pauvre mère s'était jetée avec le cadavre de son enfant dans les flammes, pendant que la ferme avait été laissée en proie au au feu.

Inquiet et craignant de voir ses appréhensions confirmées, Cancoin revint vers le hameau.

Grelu avait repris connaissance; sitôt qu'il aperçut le tonnelier :

« Ma femme! s'écria-t-il, ma femme! »

Cancoin détourna tristement la tête. A ce geste, le malade comprit son malheur et perdit de nouveau connaissance. Le tonnelier resta près du lit du malade, épiant les moindres symptômes qui passaient sur la figure du fermier. Bientôt Grelu fut pris du délire.

Un paysan entra et vint annoncer qu'on avait retrouvé près de la ferme une voiture chargée de tonneaux et tout attelée.

« Tiens, dit Cancoin, je la croyais brûlée.... comment ça a-t-il pu arriver? Hier soir, quand je me suis couché, ma voiture était sous le hangar, dans la ferme. »

Le paysan secoua la tête.

« Ma parole, j'aime mieux ça, dit Cancoin. Je vais emmener chez moi ce pauvre Grelu; on le soignera plus facilement à la ville qu'ici. Eh! vous autres, aidez-moi à le porter dans la carriole. »

Grelu fut entouré de couvertures; on disposa les tonneaux de façon à laisser un espace libre au malade, et Cancoin rentra à Dijon, moins gaiement qu'il n'en était sorti la veille.

III

Le bonhomme Blaizot montre ses griffes.

« Femme, dit Cancoin en arrivant à sa porte, viens m'aider à dételer et à porter chez nous ce pauvre désolé. »

En entendant la voix du tonnelier, une troupe d'enfants sortit de la boutique, appelant leur père d'une voix joyeuse.

— Silence, mioches, dit Cancoin; il y a un malade dans ma voiture. »

Les voisins et voisines du tonnelier, qui ont l'habitude, dans les beaux jours, de travailler sur le seuil de leurs portes, s'empressèrent autour de la voiture autant par compassion que par curiosité. Ils aidèrent Cancoin à transporter le fermier dans sa boutique et l'assaillirent de questions.

« Parbleu! dit le tonnelier, c'est le fermier de la Mal-Fichue; sa ferme a brûlé cette nuit.

— Ça devait arriver un jour ou l'autre, dit une commère superstitieuse.

— On me donnerait des mille et des cent, dit un autre, que je n'irais pas me loger sur ce terrain-là.

— Et sa femme? reprit une nouvelle curieuse.

— Sa femme, dit Cancoin, on ne sait ce qu'elle est devenue.

— N'avaient-ils pas un *piaut* blond qu'ils amenaient avec eux au marché?

— Il est mort hier, dit le tonnelier.

— Ah! qu'est-ce que ces gens-là avaient donc fait au bon Dieu? s'écria la foule.... C'est pis qu'une peste. Seigneur, que le pauvre homme doit avoir du chagrin!

— Je m'en vais voir à aller chercher le médecin, dit Cancoin. Hé! femme, notre fille n'est pas revenue de la couture?

— Non, pas encore, dit la tonnelière.... A propos, elle m'a recommandé de ne pas oublier de te dire que M. Blaizot veut te parler sitôt ton retour.

— Plus tard. Je passe d'abord chez le médecin; tu lui diras ce qui est arrivé à ce malheureux Grelu, afin qu'il prenne ses mesures. »

Cancoin embrassa ses enfants qui tournaient autour de lui, le tirant par la blouse; après avoir prévenu le médecin, il prit le chemin de la maison du bonhomme Blaizot.

« Je vous fais excuse, dit-il en arrivant, si je ne vous apporte pas l'argent du loyer.... Vous savez l'événement?

— Quel événement? demanda le reneuvier. »

Alors Cancoin raconta ce qu'il avait vu depuis son arrivée à la Mal-Bâtie.

« Je comptais revenir avec l'argent de mes tonneaux livrés; mais vous comprenez, monsieur Blaizot, qu'on ne peut pas réclamer son dû à un malheureux dont l'enfant meurt, dont la femme est perdue, peut-être brûlée avec la ferme. Bien heureux encore que mes tonneaux me restent.... Je vais tâcher de les vendre à n'importe quel prix.... c'est comme de l'argent trouvé, puisqu'ils devaient brûler.... »

Le bonhomme écoutait froidement et ne paraissait pas s'apitoyer sur le sort du fermier.

« Voilà un homme ruiné, dit-il.... Il me doit beaucoup d'argent....

— Vraiment? fit le tonnelier.

— Mais enfin, monsieur Cancoin, il faudrait voir à solder ce bail.... C'est une petite affaire, cinquante écus par an.

— Pour vous, monsieur Blaizot, oui, c'est une petite affaire; mais cinquante écus ne sont pas toujours dans la poche d'un honnête homme.

— Justement, dit le reneuvier, je comptais tellement sur ce payement et sur votre exactitude que j'ai refusé cette boutique à quelqu'un qui m'en offre dix écus de plus par année.... Je vous loue pour rien; il faudrait me savoir gré de ma bonne volonté.... Point, vous venez me demander des

« C'est la Grelu! » (Page 12, col. 1.)

délais : j'aimerais autant laisser ma maison vide....

— Est-ce que je ne vous ai pas toujours payé exactement, monsieur Blaizot?...

— Sans doute, sans doute ; mais les maisons sont d'un si mauvais rapport qu'on aime à toucher le loyer le jour dit.... Enfin, quand pouvez-vous me promettre cette somme ? »

Le tonnelier ne sut que répondre.

« Si vous me donniez un à-compte, » dit Blaizot.

L'honnête tonnelier, en présence de son propriétaire, se sentait le cœur serré; il n'osait promettre à époque fixe, craignant de ne pas être en mesure.

« Avez-vous assez d'une huitaine?... Vous voyez, je suis large, » dit le bonhomme.

Cancoin ne répondait pas ; pour Blaizot, il se promenait dans son cabinet, laissant son locataire réfléchir.

« Tenez, dit-il en s'arrêtant devant le tonnelier, je vous donne huit jours.

— Merci, monsieur Blaizot ; vous êtes bien bon, dit Cancoin qui remerciait trop vite, car le bonhomme vint mettre un terme à son apparente générosité.

— Seulement, je vous recommande d'être exact.... Si dans huit jours vous n'aviez pas payé, je me verrais malheureusement forcé de louer à un autre. Faites attention au quantième, recommanda le bonhomme.... Nous sommes aujourd'hui le 28 ; j'attendrai jusqu'au 6 du prochain mois. »

Le tonnelier s'en retournait tristement à sa boutique, regardant les nuages comme tous les pauvres gens, qui semblent prouver par là que le ciel est pavé de pièces de cent sous, et qu'il doit en tomber quelques-unes dans leurs poches.

En tournant le coin de la rue qui mène à la tonnellerie, Cancoin fut surpris d'apercevoir à l'autre bout, en face de sa boutique, un rassemblement de curieux. Un malheur vient rarement seul ; ce proverbe lui causa de l'inquiétude. Serait-il arrivé un accident à quelqu'un de sa famille? Grelu serait-il mort? A peine ces réflexions avaient-elles germé dans l'esprit du tonnelier qu'il se trouva près du groupe.

Deux gendarmes gardaient la porte de sa boutique.

« Qu'est-ce qu'il y a? demanda-t-il à ses voisins.

— Entrez, monsieur Cancoin, répondirent quelques voix; le commissaire de police vous attend. »

Le tonnelier se précipita à travers la foule et trouva, dans la première pièce, en compagnie de deux agents, le commissaire ceint de son écharpe. Toute la famille se tenait silencieuse, près du lit du fermier, personne n'osant parler en présence des gens de la police.

« Vous allez venir avec nous, monsieur Cancoin, chez le procureur du roi.

— Pour quoi faire? demanda le tonnelier.

— Vous le saurez là-bas.

— C'est bien, dit Cancoin, je vous suis. »

Dans un coin de la salle, sa femme pleurait; les enfants, quoique ne comprenant pas la portée de cet événement, restaient tranquilles, sans oser remuer, intimidés par le commissaire de police. En sortant, celui-ci donna à voix basse une consigne aux gendarmes. La tonnelière se jeta en larmes dans les bras de son mari.

« Soyez tranquille, dit le commissaire, monsieur Cancoin reviendra. »

Quoique, en province, la police ne s'occupe guère que de l'exécution des arrêtés municipaux qui aboutissent à de simples procès en justice de paix, le commissaire remplit de terreur ses concitoyens, par le seul mot de police qui s'attache à son titre. Son écharpe, d'un caractère pacifique quand elle l'accompagne lisant dans la ville des arrêtés de la mairie, précédé du roulement du tambour de ville, cette écharpe tricolore prend des couleurs sinistres dans les autres occasions. La foule, qui vit sortir Cancoin entouré du commissaire et de ses agents, pensa que le tonnelier avait commis un crime. Cancoin rencontra partout des yeux curieux, nulle part des yeux amis : l'honnête homme, froissé de ces soupçons, baissa la tête, ne voulant plus regarder aucun de ses voisins, avec l'entourage de la police.

Le cortége s'arrêta devant le palais de justice, et toute la bande grimpa un petit escalier au-dessus duquel est écrit, en gros caractères, ce terrible mot: GREFFE.

Dans un bureau se trouvaient réunis le procureur du roi, un substitut, le juge d'instruction et le greffier.

« Vous avez assisté à l'incendie de la Mal-Bâtie, demanda le procureur du roi à M. Cancoin?

— Oui, monsieur.

— Dites-nous tout ce que vous savez de cet événement. »

Cancoin peignit de son mieux l'incendie; mais il fut interrompu dès le début de son récit par le procureur du roi, qui insista sur son arrivée à la ferme, sur la mort de l'enfant, sur la tristesse du père et de la mère, en un mot sur les *précédents* de l'affaire.

Ce ne fut que pressé de questions que le tonnelier pensa à la circonstance de la voiture, fait qu'il avait oublié et qui servait de base à l'accusation. Il ajouta qu'il avait entendu, ou cru entendre, dans son premier sommeil, le roulement d'une voiture sortant de la ferme; mais il pensait avoir rêvé. Seulement, le lendemain, il avouait son étonnement d'avoir vu ramener, par des paysans, sa voiture attelée et chargée de tonneaux, fait que dans le trouble des événements il n'avait pas cherché à approfondir.

En faisant cette déposition, Cancoin sentit un nuage passer sur ses yeux. Il comprit alors pourquoi on l'interrogeait; il comprit que le fermier était accusé d'avoir incendié sa ferme, il comprit que devenu le principal accusateur, il fournissait des armes contre le malheureux Grelu. Il eût voulu rétracter ses paroles, mais déjà elles étaient inscrites sur le registre du greffier.

L'interrogatoire dura deux heures, après quoi le tonnelier demanda l'autorisation de retourner chez lui.

« Faites immédiatement transporter à la prison le sieur Grelu, dit le procureur du roi aux gendarmes.

— Mais, monsieur, ce pauvre homme est dans un état pitoyable, s'écria Cancoin.

— Il y a à la prison une infirmerie. Monsieur le commissaire, veillez à ce que le prévenu ne puisse communiquer avec personne.

— Puis-je m'en retourner? demanda Cancoin.

— Non; vous allez partir avec nous pour visiter le théâtre du crime et nous guider dans l'instruction. »

Les chevaux, qui avaient été commandés pendant l'instruction, étaient arrivés avec la voiture sur la place du Palais-de-Justice; le procureur du roi, le juge d'instruction, le greffier et Cancoin y montèrent.

Pendant la route, le tonnelier resta muet; il réfléchissait à l'immense malheur qui s'était abattu en un jour sur les fermiers de la Mal-Bâtie, et il oubliait ses propres infortunes en songeant à celles d'autrui. Il se refusait à croire le fermier coupable; mais les faits semblaient tellement convaincants qu'il était impossible de les nier.

La voiture qui emmenait à grande vitesse les principaux acteurs de cette instruction criminelle arriva à la Mal-Bâtie en peu de temps. Cancoin désigna la maison où le fermier avait été déposé, ce qui motiva de nouveaux interrogatoires des paysans, dont la déposition était importante, quoiqu'ils n'eussent assisté qu'à la fin du désastre. Ils répondirent tous que le tonnelier leur avait dit que Grelu était absent de la ferme lors de l'incendie.

La fermière n'avait pas reparu. La commission d'instruction se transporta vers le lieu de l'incendie. Quatre principaux murs étaient encore debout, lézardés et noircis par les flammes. Le feu n'était pas éteint et couvait sous le fumier, sous des débris informes, mutilés et salis, d'où sortait une fumée noire et épaisse. Le procureur du roi ordonna des fouilles, espérant trouver quelques indices épargnés par l'incendie. Il voulut aussi s'assurer de la mort de la fermière; mais le feu avait sans doute réduit en cendres les ossements de la femme et de l'enfant.

En même temps, le juge d'instruction était allé à la porte charretière, pour essayer de découvrir quelques traces de pas. Le terrain de ce pays est formé de cailloutis et de sable qui ne garde pas, même dans les pluies, trace de passage : toutes les recherches furent vaines. Seul, un paysan, nommé Picou, fit une déposition longue et emmêlée qui tint trois heures en éveil le greffier et le juge d'instruction.

Les membres du tribunal allaient repartir, lorsqu'une voiture qui semblait venir de Dijon, s'arrêta. C'était l'inspecteur de *la Vigilante*, compagnie d'assurance contre l'incendie. Il s'adressa d'abord au procureur du roi, et demanda à l'entretenir en secret. Si le ministère public parle toujours contre l'accusé, les compagnies d'assurance jouent le même rôle en matière d'incendie. On voit fréquemment, en cour d'assises, le danger que courent les gens accusés d'assassinat qui, dans leur jeunesse, étaient paresseux au collége. Les *pensums* alors deviennent, dans la bouche du ministère public, de nouvelles preuves que l'accusé est coupable de vol ou d'assassinat. Les gens assurés, dont la maison brûle, sont dans le même cas que les prévenus, déclarés paresseux dans leur jeune âge. Pour peu qu'on ait fait assurer sa maison de quelques centaines de francs au delà de sa valeur, il y a, suivant les compagnies d'assurance, preuve évidente de crime.

Grelu se trouvait malheureusement dans ce cas. Le directeur de *la Vigilante* déclara que la Mal-Bâtie était assurée au double de sa valeur ; dès lors l'accusation devint plus fondée contre Grelu, la cause de l'incendie étant trouvée.

IV

Comment le brave Guenillon trouva une femme sauvage.

Quand la fermière se vit seule sur un chemin avec le cadavre de son enfant, la tête lui tourna. Elle comprit qu'elle n'avait plus de toit pour reposer en paix, qu'elle n'avait plus de fils à caresser. Il fallait rendre à la terre ce corps si chéri ! La Grelu se sauva, tenant son enfant serré dans ses bras.

Le pays, par là, est d'une telle infertilité que les hommes ont désespéré d'en tirer parti ; à part la Mal-Bâtie, on n'y rencontre ni villages, ni hameaux, ni maisons, ni hommes, ni plantations. La fermière marcha pendant toute une journée sans rencontrer âme vivante. Elle arriva, après cette marche fiévreuse, à un bois touffu qui appartient à la commune de Dijon et qui pousse au hasard. Aussi est-il plein de broussailles, d'épines, de plantes grimpantes, qui le rendent difficile à traverser.

La Grelu s'y hasarda, ne craignant pas de laisser accrochés aux épines des morceaux de sa jupe : seulement elle pressait l'enfant contre son sein pour qu'aucune branche ne lui déchirât la figure. La nuit vint. La pauvre femme parlait à son enfant comme à l'ordinaire, oubliant qu'il était mort. Elle le berça en lui chantant ces douces monotonies que toutes les mères savent d'instinct. Puis elle se débarrassa de sa jupe, enveloppa l'enfant dedans et le coucha sur ses genoux.

Peut-être eût-elle dormi plus longtemps, si elle n'eût été réveillée par un singulier incident.

Une pie, perchée sur l'arbre au pied duquel la mère dormait, avait tout vu. Cette pie resta tranquille toute la nuit; mais le matin, ne pouvant plus garder le secret, elle alla réveiller ses compagnes en leur tenant un long discours, à la suite duquel les oiseaux curieux vinrent voltiger au-dessus de la fermière en poussant des cris qui semblaient des commentaires sur l'étrangère et son enfant. Peu à peu, les pies s'enhardirent, descendirent d'une branche, de deux, de trois, de cinq, et arrivèrent au tronc. L'une d'elles s'aventura jusqu'à voltiger au-dessus de la Grelu ; les battements d'ailes réveillèrent en sursaut la pauvre mère. Elle jeta un cri ; les pies s'enfuirent à tire-d'aile.

Alors la triste vérité se fit jour dans le cœur de la Grelu; elle regarda longuement son enfant et poussa de tristes soupirs. Elle comprit que son enfant était mort, et elle frissonna, car elle crut que les oiseaux voulaient déchiqueter son cadavre. Jamais mère n'eut si grand courage que la Grelu; sa douleur lui donna des forces. Elle arracha un jeune arbre déjà robuste, et s'en servit pour labourer avec acharnement le gazon.

Quand le gazon fut enlevé, la mère fouilla la terre avec ardeur, enfonçant ses ongles dans la terre humide et la rejetant de côté.

A la tombée du jour, la fosse fut creusée. La Grelu se jeta sur l'enfant froid et l'arrosa de ses larmes; puis elle le prit avec précaution et le coucha dans la fosse.

Quelques rayons de soleil couchant se glissaient dans les éclaircies du bois et atténuaient le sombre vert du feuillage. La Grelu, à genoux près de la fosse fraîchement creusée, priait Dieu pour l'âme envolée de l'enfant dont les deux mains étaient croisées sur la poitrine. Après une heure de prières, la fermière donna un dernier baiser à son enfant; puis lentement elle jeta sur le corps des poignées de terre. Seule, la figure du petit mort, qu'une poignée de terre aurait suffi à couvrir, resta à l'air; mais la Grelu, avant d'enterrer son fils, contempla une dernière fois les traits de son visage, après quoi elle couvrit la figure d'herbes et de terre.

Elle eut le courage de piétiner la terre sur le corps de l'enfant, afin qu'il ne fût pas déterré par les animaux. Alors la fermière se coucha sur cette tombe, attendant elle-même la mort. La mort ne vint pas; elle envoya la faim, mille fois plus cruelle. Combien de suicidés ont senti, au dernier moment, leurs mouvements contractés par l'instinct de la conservation, qui fait dévier l'arme mortelle !

N'en est-il pas de même des chagrins les plus cuisants?

La Grelu erra toute la nuit, déchirant ses vêtements aux branches, ne trouvant pas d'issue à ce bois, mangeant des feuilles d'arbres. Vers le matin elle arriva sur la lisière, et se jeta avec avidité sur des feuilles d'oseille sauvage qui poussait au hasard.

Elle entendit le chant d'un homme qu'on ne voyait pas, et prêta l'oreille à ces sons humains qui lui étaient étrangers depuis deux jours. L'homme semblait approcher; la chanson devenait plus bruyante. Bientôt la Grelu distingua quelques paroles, et elle voulut fuir; mais ses forces l'avaient abandonnée, et elle retomba sur le gazon.

L'homme qui tournait l'angle du bois fut surpris de voir une femme presque nue dans un endroit si peu fréquenté. Cependant s'étant approché :

« C'est la Grelu.... Qu'est-ce qu'elle fait là? » dit-il en voyant qu'elle était sans connaissance.

Il prit sa gourde, la déboucha et en versa quelques gouttes sur les lèvres de la fermière. Cette liqueur éveilla les sens de la malheureuse mère, qui ouvrit de grands yeux effarés. Voyant qu'elle était trop faible pour marcher, l'homme la prit sous son bras et la porta plutôt qu'il ne la conduisit.

Il lui faisait des questions sans nombre, auxquelles la Grelu ne répondait pas.

Cet homme était Guenillon, que tout le Dijonnais connaît, comme le dernier représentant de ces bardes populaires que la Monnoye appelait « des chantres forts en gueule. »

Guenillon portait le nom de son costume. Sa *gipe*, sorte de souquenille large, avait autant de trous qu'une écumoire : les *marronnières* de Guenillon conservaient tout au plus la décence; mais l'homme se faisait pardonner sa pauvreté de vêtements par sa bonne humeur ! Nul ne savait, à vingt lieues à la ronde, autant de chansons, autant de noëls. Jamais un cabaretier ne voulut recevoir un sou de Guenillon en payement de la *pitainche* (petit vin) qui arrosait sa joyeuse voix. On était trop heureux de lui entendre chanter le *Coupau*, une vieille gaudriole de nos pères, dont Molière seul pourrait donner la traduction.

Guenillon comprenait à merveille toutes les jouissances de la vie. Quand il avait débité ses chansons et ses *Armonacs borgaignons*, il se mettait à table avec cette bonne volonté de mangeur que la Monnoye a dépeinte dans ce couplet :

Voisin, c'est fait,
Les trois messes sont dites;
Deux heures ont sonné,
Le boudin est cuit,
L'andouille est prête, allons déjeuner.

On peut aimer la grosse boisson et la forte nourriture sans être un malhonnête homme. Guenillon était la crème des braves gens. Poëte et faiseur de chansons un peu brutales, il comprenait la bonne et franche poésie, la poésie naïve.

L'hiver, Guenillon se retirait dans son village, près de sa femme et de ses enfants, pour composer des chansons et manger ses économies de la belle saison. Aux premiers beaux jours, il se remettait bravement en route, le sac au dos, des rames de *canards* dans le sac, pour enchanter les oreilles de ses compatriotes.

Guenillon comprit instinctivement la douleur de la fermière et la respecta en ne chantant plus. Il avait toujours été bien reçu à la Mal-Bâtie, et plus d'une fois il avait essayé de faire sourire le petit garçon des Grelu, qui était plutôt mélancolique que gai.

Cependant la fermière, même en se soutenant sur Guenillon, ne pouvait plus marcher; le chanteur se douta qu'elle avait faim. Il s'arrêta, fit asseoir la pauvre femme et débrida son sac.

La Grelu se jeta sur le pain noir qui représentait tout le dîner du colporteur.

« Bah! dit-il, nous arriverons bientôt à la ferme. »

Et il reprit le bras de la pauvre femme.

La Mal-Bâtie se voit de loin et se reconnaît à ses toits élevés qui dominent les pauvres chaumières environnantes. Par hasard Guenillon leva la tête et remarqua avec surprise l'absence des grands toits et du pigeonnier.

« Ah! Seigneur, dit-il, qu'est-ce que je vas apprendre? »

N'osant pas aller plus loin, fatigué d'avoir traîné la fermière par les chemins, il frappa à la première cabane dont, par hasard, le loquet ne s'ouvrait pas.

« Qui est là? demanda une voix à l'intérieur.

— Guenillon, » répondit le colporteur, étonné de voir un paysan qui fermait sa porte.

La chaumière s'ouvrit et laissa passer la tête du paysan Picou, qui poussa un cri de terreur en voyant Guenillon accompagné de la fermière. A vrai dire, la pauvre femme était si pâle, si défaite, et ses vêtements si mal *accoutrés*, qu'elle semblait revenir de l'autre monde.

Picou, comme beaucoup de paysans, croyait que la Grelu avait été brûlée dans l'incendie de la ferme.

« Allons, lui dit Guenillon, ouvre ta porte grande; quand tu resteras comme un flandrin à nous regarder, tu vois bien que la fermière est malade. »

Picou fit la grimace. Il n'avait pas la mine d'un homme qui aime à rendre service; cependant il céda aux instances de Guenillon en l'aidant à déposer la Grelu sur un grabat fait d'un matelas de feuilles sèches et d'une mauvaise couverture.

« Raconte-moi donc ce qui est arrivé à la ferme? demanda le colporteur.

— Je ne sais rien, dit Picou.

— T'en sais toujours plus que moi, Roussin, dit Guenillon, qui n'aimait pas le paysan et se plaisait à lui donner un sobriquet que la couleur de ses cheveux motivait.

— Ah! *nom dé gu!* si j'avais su que tu venais ici pour m'embarguigner, je n'aurais point ouvert ma porte.

— Aussi, dit Guenillon, il faut toujours te prier pour mettre ta langue en train.... Où est-ce qu'est Grelu?

— A l'ombre.... à la prison de la ville.

— En prison! s'écria Guenillon.... Pourquoi donc? »

Pressé de questions, Picou entra dans quelques détails sur l'incendie, s'étendit sur la visite des juges et sur la culpabilité certaine du fermier.

« On lui coupera le cou, dit-il comme conclusion; et il ne l'aura pas volé.

— Comme tu y vas! dit Guenillon. Grelu est un brave homme.... Il n'est pas possible qu'il ait mis volontairement le feu à la ferme, à moins que ce ne soit de chagrin. »

Picou fit la moue.

« Ah çà, dit le colporteur, tu lui en veux donc beaucoup à ce pauvre Grelu.... Il faut avouer que tu es un fier rancunier....

— C'est bien fait, dit Picou, le mal retombe toujours sur la tête des mauvais. Est-ce qu'il ne m'a pas fait passer dans le pays pour un voleur?

— Grelu n'avait pas tort, dit le colporteur; j'aimerais quasiment mieux voir dans ma basse-cour un renard que toi. Pourquoi aussi allais-tu lui dérober ses poules?

— C'est pas vrai, dit Picou.

— Dame, il paraît que le tribunal de Dijon a jugé le contraire, puisqu'il t'a condamné à huit jours de prison.

— M'en parle pas des juges; ils condamnent à tort et à travers. Ils se disent : un pauvre paysan de plus ou de moins, qué qu'ça fait.... Va, je les ai toujours sur le cœur, leurs huit jours de prison. Et c'est pas aux juges que j'en veux le plus....

— C'est à Grelu, dit Guenillon; tu as tort, tu volais son bien : car enfin, des poules, c'est du bien comme de la terre.... et, Dieu merci, le fermier a fait tout ce qu'il a pu au tribunal pour t'empêcher d'être condamné.

— Laisse donc, c'est un faux.... Il m'a dénoncé en dessous main, et puis, devant les robes noires, il a fait l'hypocrite.... le gredin! »

En disant ces mots, Picou montrait le poing; sa colère, réveillée par le colporteur, s'attisait comme si on eût soufflé dessus. Ses cheveux roux prenaient une teinte sinistre. Défiez-vous des roux, surtout de ceux qui ont sur les joues de petites excroissances de chair, où la méchanceté tapie a donné naissance à de petits bouquets de poils couleur de feu.

Picou rasait soigneusement, contre l'habitude des paysans, ses lèvres et son menton; mais il semblait entretenir avec jouissance ces poils longs, sales et inégaux, jetés sur ses joues comme par hasard, et qui semblaient de mauvaises herbes semées par le vent sur le premier mur venu.

Tout en parlant, Picou trouvait un certain plaisir à friser ces quatre poils, ainsi que d'autres caressent une belle barbe. Les yeux vitreux de ce paysan étaient traversés de points verts, des gouttes de fiel. Quand il parlait et que la peau de son masque mobile mettait en mouvement les bouquets de poils, Picou était d'une physionomie odieuse et criminelle.

« Je te laisse un moment, dit le colporteur; j'ai à voir quelques-uns des voisins.

— Tu ne les trouveras pas, dit Picou; ils sont aux champs.

— J'irai aux champs, reprit Guenillon.... Dis donc, je peux coucher cette nuit chez toi?

— Dans quoi? dit Picou.

— Nous étendrons une botte de foin par terre; n'aie garde, je ne te causerai pas d'embarras. Demain matin, au petit jour, je pars pour Dijon et j'emmène la fermière.... Faut espérer qu'elle ira mieux.... Surtout tâche de ne la point réveiller. »

Guenillon s'en alla aux champs, et rencontra les manouvriers voisins de la Mal-Bâtie, qui lui racontèrent, les larmes aux yeux, le peu qu'ils savaient du désastre. Ces gens ne trouvaient une faible occupation qu'à l'aide de la ferme; l'incendie, comme dit l'un d'eux, leur ôtait le pain de la bouche.

« Sarquedieu ! dit le colporteur, Picou en sait plus long que vous sur le malheur !

— C'est drôle, répondit une femme, il est arrivé en même temps que nous au feu, à moins qu'il n'en invente ; il faut se méfier de ses histoires.

— Moi, dit un paysan, en une minute j'ai eu tout dit au juge ; mais Picou a resté, pour le moins, trois quarts d'heure. »

Le colporteur mangea la soupe avec ces braves gens, et retourna, vers le soir, à la cabane de Picou, qui était assis, fumant. Guenillon tira de sa poche un tronçon de pipe, et se mit à fumer en face du paysan ; de temps à autre, Guenillon regardait Picou d'une façon indifférente, ce qui semblait contrarier le paysan.

Le marchand de chansons rompit le premier le silence.

« A quoi que tu penses quand tu ne penses à rien ? » dit-il ironiquement à son compagnon.

Picou ne répondit pas à cette facétie.

« Je gage une chopine que tu penses au feu ?

— Eh ! dit Picou d'un ton de colère, tu me scies avec ton feu.... Qu'est-ce que ça me fait à moi ? J'ai assez de m'occuper de mes affaires.

— Je comprends ça, dit Guenillon ; on a souvent des affaires plus embrouillées qu'on ne croit.

— Çà, dit Picou, vas-tu bientôt cesser tes propos ! Qu'est-ce que tu as l'air de parler d'affaires embrouillées ?

— Rien, Roussin, je parle en général ; tant pis pour celui qui relève la pierre, c'est qu'elle lui a fait mal.

— Je ne te comprends pas, dit Picou, inquiété par les paroles mystérieuses du colporteur. Tiens, je vas me coucher ; demain matin il faut que je sois dès quatre heures aux champs, et j'ai juste le temps de faire un somme.

— Je me couche aussi, dit Guenillon ; auparavant, je veux voir si la Grelu n'a besoin de rien pour cette nuit. »

La fermière, épuisée par la fatigue, dormait profondément. Cependant son sommeil était agité, sa respiration précipitée le prouvait. Le marchand de chansons revint vers Picou, déjà étendu sur la paille. Dans ce moment le soleil donnait une teinte de feu aux pauvres murs de la cabane du paysan. Picou avait les yeux fermés.

« Tu dors, Picou ? demanda le colporteur.

— Oui, laisse-moi en repos.

— C'est qu'on dirait qu'il y a des flammes ici. »

Ces quelques mots firent tressauter sur la paille le paysan, qui regarda tout à coup fixement Guenillon, et s'écria :

« Oh ! mon Dieu ! pardon.... »

Il s'arrêta brusquement, et reprit d'un ton plus tranquille :

« Ce n'est pas vrai, menteur de Guenillon, c'est le soleil.... Que tu es bête de me faire des peurs pareilles !

— Tu demandais pardon à Dieu, tout à l'heure ; pourquoi ?

— Moi ! dit Picou en feignant la surprise.

— Certainement, toi, Roussin.

— Je ne me le rappelle déjà plus.... Et puis, quand ça serait, rien de plus naturel ; tu cries au feu : il y a déjà eu le feu la nuit passée ; ça serait pire qu'un sort jeté sur le pays. Il y a de quoi avoir peur.

— Tu as raison, Picou, dit le colporteur en s'étendant près du paysan sur la paille. Va, dors tranquillement sur tes deux oreilles, et n'aie point peur du feu ; des accidents ne se voient point tous les jours, et, à moins que quelqu'un ne s'amuse à nous faire rôtir cette nuit.... il y a de méchantes gens partout.... nous nous lèverons demain bien portants. »

Picou, pour échapper aux discours de Guenillon, ne répondit pas. De son côté, le marchand de chansons cessa de parler. Bientôt un calme profond régna dans la cabane du paysan. On n'entendait d'autres bruits que ceux causés par les ronflements du colporteur, aussi réguliers que le tic-tac d'une horloge.

Deux heures à peine s'étaient passées que Picou se leva avec précaution du méchant grabat qu'il partageait avec le colporteur ; il étendit d'abord les mains par terre pour être sûr de ne pas rencontrer de fétu de paille qui aurait pu grincer en s'écrasant sous ses pieds. Quand il fut debout, il s'arrêta quelques instants, étudiant la régularité de la respiration de Guenillon ; puis il marcha droit à la fenêtre.

En ce moment la lune illuminait la partie de la chambre où était situé le lit du colporteur.

Le brave homme, qui avait passé une rude journée, dormait de ce bon sommeil qui annonce une âme tranquille ; ses grosses lèvres rouges étaient à demi ouvertes et laissaient passer un souffle pur comme son cœur. Picou, les dents serrées, la figure blême, semblait jaloux du repos de Guenillon.

Le paysan alla vers une armoire boiteuse qui renfermait sa défroque : une blouse, un pantalon de toile, un bissac. Il s'habilla lentement pour ne pas réveiller le dormeur ; entre chaque vêtement il laissait un moment de repos. La toilette, quoique interrompue, fut vivement faite. Dans un coin de la chambre était un four abandonné. Picou enleva avec précaution le couvercle de ce four et s'y glissa comme un serpent; puis il en sortit pour prendre au mur une hachette destinée à fendre le bois. Il parut alors plus satisfait, et se remit en mesure de s'introduire dans le four.

La paille cria, Guenillon se retourna; Picou fit un bond et accourut vers le lit, la hache levée. Il croyait que le colporteur était réveillé; mais il s'aperçut que son alarme était fausse et continua ses recherches. A peine était-il dans le four qu'on put entendre, au milieu du calme, un bruit d'argent. Picou reparut tenant dans ses bras un sac, qu'il serrait contre lui comme s'il avait renfermé les richesses du Pérou.

Il alla doucement vers la porte, souleva le loquet avec précaution, l'ouvrit de façon à ne pas faire crier les gonds, puis disparut.

V

La prison.

Aussitôt après son arrestation, Grelu fut conduit à la prison de Dijon et mis au secret. Le fermier se laissa mettre les menottes comme s'il eût été privé de sensibilité; il ne parlait pas et regardait le guichetier sans le voir.

Il comparut devant le juge d'instruction, répondit par un signe affirmatif de tête à toutes les questions qu'on lui posait, avoua son crime à la première interrogation, et signa sans le lire le papier qu'on lui présentait.

Le *secret* est un cabanon sous terre, une sorte de cave humide où le jour pénètre à peine par un étroit soupirail grillé. C'est là que fut enfermé Grelu. Pour lit, il eut une botte de paille, encore froissée par le dernier condamné sorti de là pour aller à l'échafaud.

Les murs du cachot ne portaient pas même les ornements ordinaires des prisons, illustrations grossières et cyniques que produit le désœuvrement des accusés; car ce cabanon était de ceux où on n'entre qu'accusé ou condamné. Les accusés habitants de l'endroit étaient presque condamnés d'avance. Seuls, les *gros* crimes y logeaient, et ils n'y logeaient que *bridés*. Peut-être préférera-t-on *bouclés;* les deux mots se valent.

Grelu fut assis par deux geôliers sur la paille, et resta sans mot dire pendant cinq heures, les mains sur sa poitrine, les yeux tournés vers le soupirail, regardant avec convoitise les quelques miettes de jour qui n'entraient qu'à regret dans ce lieu humide. Peut-être pensait-il en ce moment à sa ferme brûlée, à son enfant mourant, à sa femme désolée, au paysage sablonneux de la Mal-Bâtie!

Après quelques heures de torpeur, il se remua et essaya de changer de position. Le malheureux fermier était brisé de fatigue; mais il est difficile de se retourner quand les jambes sont séparées par une barre de fer, et que les mains sont jointes par des poucettes. L'accusé n'a qu'une position à garder : rester immobile couché sur le dos.

« Mon Dieu, vous qui me voyez et qui m'entendez, s'écria Grelu, je m'accuse d'être la cause de tous nos malheurs.... Je me suis laissé aller au découragement au lieu d'avoir travaillé ferme. Je suis bien puni, mais je le mérite, ô mon Dieu! Faites seulement que ma femme ne soit pas trop malheureuse et qu'elle ait le courage de supporter l'adversité comme je la supporte.... »

Grelu en était là de sa prière, lorsque des grincements de la serrure lui annoncèrent un visiteur. C'était le geôlier.

« Eh bien? dit celui-ci, comment vous trouvez-vous dans votre petit local?

— Grelu secoua la tête.

— Il faut prendre patience; dans une huitaine, quand l'instruction sera terminée, on vous changera d'appartement.... Vous verrez comme vous serez bien; c'est un palais à côté d'ici. Il faut avoir mangé longtemps du pain noir pour savoir jouir du pain blanc; vous aurez quasi un vrai matelas, avec de la vraie laine, pourvu toutefois que vous ayez quelque monnaie en poche.

— Je n'ai pas d'argent, dit le fermier, et, si j'en avais, je le ferais passer à ma femme.

— Vous êtes encore bon de penser à ceux qui sont au soleil, dit le geôlier. Je n'ai guère connu de prisonniers pareils à vous; ceux qui ont un peu de monnaie la boivent, rien que pour se remonter le moral; aussi ils sont pleins de joie après. Ils vous chantent des chansons comme des chardonnerets; ils oublient la cage, ils oublient les juges : j'en ai connu qui oubliaient monsieur coupe-tête. »

Grelu aurait voulu que le bavard geôlier le laissât à ses réflexions au lieu de se livrer à ses propos grossiers.

« Il n'y en a qu'un, continua le geôlier, qui est continuellement triste dans notre paroisse.... C'est un imprimeur, un libraire, un marchand de papiers, je ne sais quoi, enfin, qu'est enfermé ici pour dettes. Ça n'a pas un sou vaillant, et ça fait le fier. Monsieur ne parle pas aux prisonniers; il me répond à peine, comme s'il n'était pas aussi coupable que les autres.... Est-ce qu'il n'a pas fait tort d'argent à beaucoup de gens? Que ce soit en volant ou en dansant, c'est toujours la même chose. Il écrit toute la journée sur des carrés de papier.... A quoi ça lui sert, je me le demande. Si encore il avait pris un logement à la pistole, mais rien; il serait désolé, l'homme à la dette, de me faire gagner un liard.... Vous ne vous douteriez pas comment il passe son temps : à apprendre à lire aux jeunes détenus. Il faut en avoir du temps de reste, de s'occuper de ces beaux pages qui finiront au bagne.... M. le préfet est venu l'autre jour visiter la maison; il a interrogé tous les prisonniers; l'imprimeur l'avait tellement enjôlé, qu'il avait l'air de le plaindre.... Je crois, Dieu merci, que M. le préfet lui a fait des compliments sur ses leçons de lecture. En sortant, il m'a recommandé d'avoir des égards pour lui. Je t'en donnerai des égards, que je me suis dit.... Il aime à fumer, l'imprimeur, ça le distrait; mais il y a un arrêté qui défend de fumer dans la prison.... on peut mettre le feu; et puis ça amuse trop : si on était ici comme chez soi, amenons les violons alors. Tout le monde voudrait demeurer en prison; parbleu, il y a assez de *faignants* sur la terre qui seraient heureux d'être nourris, chauffés, logés, blanchis.... Mais j'ai mis ordre à tout; j'ai empêché le tabac d'arriver jusqu'à l'imprimeur. Ah! j'ai été vengé. Notre homme est deux fois plus triste qu'auparavant.

— Ce que vous avez fait là est mal, dit Grelu, et vous ne devriez profiter de votre position que pour tâcher d'adoucir le sort des malheureux prisonniers.

— Ma parole, vous me faites rire, dit le guichetier; vous parlez là comme un curé. On ne dirait guère, ma foi, que vous êtes au secret; si je fermais les yeux, je croirais que je suis à confesse, et que la robe noire tâche de me rappeler mon *Pater*. »

Le fermier fit un brusque mouvement; il avait oublié ses fers, il aurait voulu se lever pour jeter le misérable à la porte.

« Laissez-moi, dit-il. Si vous venez ici pour faire entendre vos injures contre les prêtres et contre les malheureux, je ne suis pas disposé à vous entendre.

— Ah! c'est comme ça que vous êtes aimable? dit le guichetier; eh bien! on vous en donnera de la conversation.... A partir d'aujourd'hui, je n'ouvre plus le bec. Nous verrons combien durera votre envie de causer avec les murs. »

VI

La famille Cancoin.

La boutique du tonnelier se trouve dans la rue Cadet, une des plus étroites ruelles de Dijon : les gens riches de la ville n'habitent pas là. Deux grands ormes verts qui sont plantés près des barrières, car les voitures n'y passent pas, donnent un aspect joyeux à ces habitations de pauvres gens.

Un puits est devant la maison du tonnelier, la corde suspendue à une élégante grille de fer ouvragé. Autour du puits, un amas de sable permet aux enfants du voisinage de *faire la cutimbló* (la culbute).

Alors la rue est égayée par les cris de tous les marmots. De temps en temps une tête de femme paraît aux fenêtres : c'est une mère qui veille sur son enfant, et l'admire dans ses ébats.

La Cancoin sortit tout à coup de sa boutique enfumée, où le jour se perdait dans le ventre de grandes cuves.

« Allons, les enfants, dit-elle, à la *papôte!* »

La tonnelière tenait à la main une vaste gamelle remplie de bouillie dont l'odeur fit lever en l'air tous les petits nez roses.

La Cancoin était de cette race de grandes et solides femmes qui donnent envie de goûter de leur cuisine. Ces grosses personnes à plusieurs mentons n'ont jamais laissé le chagrin se loger dans les plis et dans les fossettes de leur chair. A la bonne heure, la joie! Voilà le meilleur des fards!

Les enfants, groupés autour de la Cancoin, recevaient, chacun à son tour, une énorme cuillerée de papôte, dont quelques gouttes s'étalaient sur leurs joues; mais ils n'y regardaient pas de si près.

Cancoin apparut au bout de la rue, en costume de travail, les marteaux passés dans sa ceinture; il avait la mine chagrine.

« Qu'est-ce que tu as, mon homme? dit la tonnelière. Est-ce que l'affaire du fermier s'embrouillerait?

— Ce n'est pas ça; le pauvre homme est assez à plaindre.... Mais il s'agit d'Alizon.

— Quoi, Alizon? dit la Cancoin.

— Il y a que notre fille est grande, jolie, et qu'il faut la surveiller.

— Est-ce qu'elle aurait donné à parler?

— Je ne sais pas, je ne veux pas savoir; seulement le voisin Catoire m'y a fait penser aujourd'hui. Il paraîtrait qu'à sa couture elles ont toutes un amoureux; quand je dis amoureux, je suis bien honnête. Si Alizon remarquait un brave ouvrier, un garçon honnête, je la laisserais faire, parce qu'enfin on est jeune. Nous deux, femme, nous nous sommes connus de la sorte, et nous nous en sommes bien trouvés; mais on me dit que des jeunes gens riches, des avocats, des clercs d'avoué, des commis de boutique attendent tous les soirs à la porte de la couture, et ça ne me va pas.

— Je le crois bien, dit la Cancoin.

— Je ne veux pas qu'Alizon devienne une gaudrille.... Je lui tordrai le cou plutôt!

« Malheureux ! c'est vous qui avez perdu mon mari ! » (Page 22, col. 1.)

— Allons, mon homme, voilà que tu exagères. Alizon est une brave fille incapable de mal agir ; parce qu'on t'a dit un mot en l'air, ce n'est pas une raison.

— C'est égal, dit Cancoin, il vaut mieux prendre des précautions : la jeunesse se laisse si vite tourner la tête ; il ne faut qu'un moment. Quel mauvais exemple, si Alizon se laissait entraîner à mal ! Ses sœurs le sauraient plus tard. Quand une brebis a sauté le fossé, toutes y passent.

— Au fait, la voilà, dit la tonnelière ; demande-le-lui plutôt à elle simplement.

— Elle est avec quelqu'un, » reprit Cancoin.

Alizon venait de paraître à un bout de la rue Cadet, donnant le bras à une grande femme pâle et souffrante, qui s'appuyait aussi sur le bras de Guenillon.

« C'est la fermière ! s'écria Cancoin. Comme elle a l'air exterminé ! Vite, femme, prépare un lit pour elle.

— Bonjour, Cancoin, dit Guenillon, je vous amène la femme à Grelu.

— Et vous avez bien fait.

— A-t-elle besoin de manger quelque chose, de se rafraîchir ? dit la tonnelière ; elle a la mine à l'envers.

— Non, dit Guenillon, nous sommes venus en voiture de la Mal-Fichue ; elle est abattue, mais seulement de chagrin.

— Eh bien ! je vais préparer un lit pour elle, dit la tonnelière.... Vous mangerez bien la soupe avec nous, monsieur Guenillon.

— V'là bien de la gêne que je vous donne.

— Mais non.... sans façon.... Cependant, je vous préviens qu'il n'y a pas grand'chose à dîner.

— Parbleu ! dit Guenillon, ne dirait-on pas que je suis un prince, et qu'il me faut des assiettes d'argent ? Un peu de pain, du fromage, une bouteille avec des amis pour trinquer, me voilà heureux. »

La tonnelière amena la Grelu, qui continuait à garder un silence profond, plus chagrinant que ses larmes. Alizon aida sa mère. Pendant ce temps, le colporteur interrogeait Cancoin sur ce qu'il avait vu la nuit de l'incendie, et sur ce qu'il savait de l'arrestation du fermier.

Cancoin s'étendit longuement sur l'incendie et raconta à Guenillon les charges nombreuses qui accablaient Grelu. A son tour, le colporteur dit comment il avait trouvé la fermière dans le bois et son immense désespoir.

« Mais l'enfant? demanda Cancoin.

— Je n'ai rien pu tirer de la bouche des paysans rapport à l'enfant. Il aura été brûlé.

— Que non, dit le tonnelier. Je l'avais déposé sur l'herbe à côté de sa mère; après le feu, on ne les a plus retrouvés ni l'un ni l'autre.

— Alors, dit Guenillon, je retournerai dans quelques jours à la Mal-Fichue, et j'essayerai de le retrouver. »

La tonnelière vint avertir que le dîner était prêt; et tous se préparèrent à manger. Guenillon, par ses propos joyeux, fit oublier à Cancoin ce qu'il s'était promis de dire à Alizon.

« Ah! dit Cancoin, que vous êtes heureux d'être toujours aussi *remargôtore* (enjoué)!

— Il faut savoir prendre la vie ribon-ribaine; j'aurais les yeux trop rouges si je m'inquiétais de demain. Vive la joie! dansons la tricotée, jetons nos sabots par-dessus les moulins. Tout ça n'empêche pas de compatir aux peines des autres, bien du contraire; seulement je dis que les hommes sont un peu lâches, et que s'ils me ressemblaient, ils chanteraient tous : « Vive la joie! »

— Votre femme doit être bien heureuse, dit la Cancoin.

— Eh non! c'est ce qui vous trompe. Ah! je n'ai fait qu'une bêtise de ma vie, ç'a été de prendre femme, surtout celle-là. Avec un autre homme, elle le forcerait à enterrer sa joie dans ses souliers. D'abord ma femme est maigre; je crois, Dieu merci, qu'elle est jalouse de ma graisse : comme s'il n'y en avait pas pour tout le monde! Eh bien! non, elle se figure que le bon Dieu a décidé dans sa caboche qu'il devait y avoir seulement tant de livres de graisse pour l'homme et pour la femme, et que moi j'ai tout pris sans lui en laisser. Quand je suis au cabaret, dans l'hiver, à boire une bonne pinte avec les amis, et que j'entends : « Guenillon, fainéant, paresseux! » il me semble qu'on jette du vinaigre dans mon vin. Ma femme n'est jamais contente de rien. Ma campagne terminée je rapporte quelques sous, vous croyez qu'elle va me sauter au cou.... Jamais! Elle se lamente! elle fait des comptes de Robert-mon-oncle pour deviner combien j'ai pu boire de pintes. Et puis elle me dit : « Travaille, fais des chansons, puisque tu ne sais pas d'autre état, fainéant. » Ah! la maupiteuse!

— On ne se douterait jamais de ça à vous voir, dit le tonnelier.

— N'est-ce pas? reprit Guenillon. Ma femme croit qu'on fait des chansons au coin de son feu, toutefois quand il y a du feu. Eh non! il faut le vin, il faut le cabaret, il faut les amis : alors ça coule, les vers viennent tout seul; mais aussi, quand Mme Guenillon me fait trop aller *de guingoi* (de travers) je lui administre sur les épaules une petite chanson avec des archets qui ne servent pas au violon. Vive la joie! Alors madame devient aimable pour une huitaine. »

Sans se le faire demander, Guenillon entonna le chant :

Les pauvres lavandières,
Au son de leur battoir,
En chantant à la rivière,
La tête au vent, les pieds mouillés;
Nous, devant le feu,
Pour le mieux,
Chantons-en jusqu'à minuit.

Les enfants de Cancoin s'étaient formés en groupe autour de Guenillon, et écoutaient avidement ces chansons à boire, qui prenaient un caractère jovial dans la bouche du chanteur.

« Eh! dit-il, les enfants, ça vous amuse. Je m'en vais vous donner quelque chose qui vous ira encore mieux. »

En même temps il alla chercher son sac déposé dans un coin, le déboucla, et en rapporta une immense image qui représentait la Passion. Aussitôt les petits enfants se rapprochèrent de lui : les uns montaient sur les bougeons de la chaise pour mieux voir; les autres montraient du doigt le groupe qui leur plaisait le plus. Tous ouvraient de grands yeux.

Après avoir étalé ses imageries coloriées, où le profane coudoyait le sacré, telles que *le Miroir du pécheur*, et *le Jardinier galant*, *le Royaume des Cieux* et *l'Arbre d'amour*, *les Sept Péchés capitaux* et *Isabeau et Colas*, Guenillon s'arrêta et dit :

« J'en ai gardé une pour la bonne bouche. C'est la plus belle; vous n'en avez jamais vu de pareille.

— Oh! montrez voir, s'écrièrent les enfants, séduits par le plaidoyer du colporteur.

— Eh bien! il faut que vous deviniez le sujet rien qu'à l'image.... »

Guenillon ayant déroulé la feuille :

« C'est Jacquemart! cria avec enthousiasme toute l'assemblée.

— Mme Jacquemart aussi!

— Ils ressemblent bien les Jacquemart,

— Vois-tu la grosse pipe de M. Jacquemart?

— Et puis les marteaux.

— On ne voit pas le petit Jacquemart, demanda avec anxiété un des enfants. »

En effet, cette image était de nature à provoquer

la joie de la famille Cancoin ; car la peinture brutale de l'image, sortie des imprimeries de Strasbourg, rendait vivement les statues coloriées de l'horloge de Notre-Dame de Dijon.

Quoique originaire de la Flandre, Jacquemart est en grande religion chez les Dijonnais.

Le duc de Bourgogne ayant enlevé cette horloge aux habitants de Courtrai, pour les punir d'avoir refusé de rendre à Charles VI les éperons dorés des chevaliers français tués sous ses murs, en 1312, depuis cette époque, Jacquemart et sa femme ont été naturalisés Dijonnais; s'ils conservent le costume flamand, leur cœur est devenu français. Ils frappent les heures à Dijon avec le même zèle qu'à Courtrai. Aussi Changenet, un vigneron poëte du seizième siècle, a-t-il chanté les vertus et bonnes mœurs du ménage Jacquemart en vers francs qui encadrent d'ordinaire les gravures de Strasbourg.

Guenillon chanta cette poésie sincère, qui laisse bien loin les combinaisons savantes des poésies académiques :

Jacquemart de rien ne s'étonne :
Le froid de l'hiver, de l'automne,
Le chaud de l'été , du printemps,
Ne l'ont su rendre mécontent.
Qu'il pleuve, qu'il neige, qu'il grêle,
Il a sa tête dans son bonnet
Et les deux pieds dans ses souliers.
Il ne veut pas sortir de là.

Guenillon dit tous les couplets du vigneron Changenet, au grand contentement des Cancoin. Mais il fut interrompu par un des garçons qui avait déjà demandé des nouvelles du petit Jacquemart, et qui répéta sa question.

Il est bon de dire qu'on voit aujourd'hui, à l'église de Dijon, un enfant tout nu qui est chargé de frapper les quarts d'heure, les demies et les trois quarts sur de petites cloches appelées en patois *dindelles*. Le graveur en bois qui a taillé les images de Strasbourg sans avoir un vif sentiment de l'art, a supprimé le fils de Jacquemart. Et il a eu raison; car ce petit dénudé a été rajouté au *Jaccomachiardus* vers le commencement du seizième siècle.

Guenillon n'en savait pas si long en archéologie :

« Ma foi, dit-il, on a retiré le petit Jacquemart parce qu'il avait trop froid.

— Mais, reprit un des enfants, poussant son raisonnement jusqu'au bout, qui est-ce qui sonnera sur la *dindelle?*

— Mme Jacquemart, répondit sans hésiter Guenillon, qui, sans s'en douter, détruisait, par cette réponse, tout le savant mécanisme de l'horloge.

— Malheureusement, dit Cancoin, il n'est pas consigné dans votre chanson, que Mme Jacquemart a perdu le mois dernier sa boucle d'oreille. C'est un fier anneau, allez ; en tombant, il a fait un trou dans le toit du savetier Givat.

— Et qu'est-ce qu'a dit de ça M. Jacquemart? demanda Guenillon.

— Ma foi ! dit Cancoin, je n'en ai pas eu connaissance; vous savez que Jacquemart n'est point causeur, et qu'il se ferait tuer plutôt que d'ôter sa pipe une minute de ses dents. On a retrouvé la boucle d'oreille dans une vieille botte de la boutique à Givat; et ç'a été quasi une fête quand on l'a renfilée dans l'oreille de Mme Jacquemart. »

A peine Cancoin avait-il commencé l'histoire du ménage Jacquemart, que le bonhomme Blaizot entra. Il avait quitté ses habits printaniers, et apportait l'hiver dans les plis de sa vaste redingote.

« Oh! oh! dit-il, nous sommes en nombreuse société.

— A votre service, monsieur Blaizot, répondit le tonnelier. Femme, apporte une chaise.

— Je ne veux pas vous déranger, dit le bonhomme, je n'ai qu'un mot à vous dire, monsieur Cancoin. »

Le tonnelier savait d'avance le mot du bonhomme; mais il l'engagea à s'asseoir, reculant ainsi le plus qu'il pouvait une explication avec son terrible créancier. Il espérait aussi que la présence de son propriétaire lui fournirait peut-être quelques bonnes raisons pour s'excuser du retard du payement.

« Comment vont les affaires? dit Blaizot.

— Dame, monsieur Blaizot, vous savez, pas trop bien; je voudrais pouvoir dire tout à la douce.

— C'est vrai, dit le reneuvier, que l'argent devient bien rare à Dijon.... On n'entend plus parler que de faillites. Ce n'était pas comme ça dans le temps. Les marchands d'aujourd'hui font leur possible, ma parole, pour arriver là. Ils mettent tout leur argent en pas de porte.... Je vous demande si leur marchandise en est meilleure.

— Vous n'avez pas tort, dit le tonnelier.

— Tâchez de voir, reprit Blaizot, que je commande une redingote d'hiver à ces tailleurs qui arrivent de Paris, et qui voudraient nous faire croire qu'ils ont été coupeurs chez le tailleur du roi.... Graine à niais, tout ça !... Jadis, j'avais le petit Carré, qui me faisait une redingote qui durait des six ans; on n'en voyait pas la fin.... Du drap solide et beau; il y avait la qualité et la quantité.... Eh bien ! maintenant que mon petit Carré est mort, jamais je ne trouverai à le remplacer. Malgré son honnêteté, il a laissé quelque chose à sa veuve. Voilà ce que j'appelle le bon commerce; mais aussi le petit Carré n'avait pas une boutique avec six ouvriers fainéants; il n'encadrait pas les carreaux de sa montre dans des tringles d'or. Aurait-il ri, mon pauvre petit Carré, ri de pitié, en voyant le nouveau tailleur qui vient de se loger sur la place, et qui vous a mis à sa porte un portrait à l'huile de grandeur naturelle, habillé comme un prince, plein de chaînes d'or!... N'est-ce pas une dérision? Le plus souvent que j'entrerai là dedans ! Je me dirais avant : Blaizot, songe que ce portrait-là a coûté bigrement d'argent, et qu'on va te voler au moins deux aunes de ton drap pour payer un pied de peinture.

— Je l'ai vu tantôt pour la première fois, le portrait, dit Alizon ; il y avait beaucoup de monde amassé pour le regarder.

— Savez-vous, dit Blaizot, que vous avez là une belle fille, comme il n'y en a guère à Dijon ? J'ai été tout étonné quand elle est venue dernièrement chez moi.... Elle est sage, au moins. »

Cette dernière phrase réveilla chez le tonnelier le souvenir de la conversation de l'après-midi ; il fronça le sourcil.

« Vaudrait mieux, s'écria-t-il, qu'elle ne fût pas s ge ! »

Alizon rougit du compliment de Blaizot et du ton de voix de son père.

« Non-seulement, dit Guenillon qui n'avait pas soufflé mot depuis l'entrée du reneuvier, elle en a l'air, mais la chanson. Ça se voit bien dans les yeux, allez. Moi qui cours tous les villages, je me connais en filles, et je peux leur dire sans être sorcier : Toi, t'as un amoureux ; toi, t'en as deux ; toi, t'en as six.

— Oh ! six, dit Blaizot en ricanant.

— Alizon, monte à ta chambre, dit le tonnelier, il est temps. Et toi, femme, va coucher les mioches qui s'endorment. »

En effet, depuis l'arrivée de Blaizot, les enfants avaient paru intimidés et s'étaient réfugiés les uns dans le giron de la tonnelière, les autres sur leurs petites chaises, où ils n'avaient pas tardé à sommeiller. Mme Cancoin obéit à son mari et sortit.

« Je n'aime pas, Guenillon, dit le tonnelier, qu'on parle trop librement d'amour et d'amoureux devant les jeunes filles en âge de comprendre. Ça leur donne des idées.

— Bah ! dit Guenillon : au contraire, vaut mieux en parler ouvertement que d'avoir l'air d'en faire un mystère. Si vous êtes trop sévère, votre fille n'osera jamais vous rien dire. Et il faudra bien qu'un jour Alizon s'amourache de quelqu'un ; vous ne pouvez l'empêcher, c'est dans l'air, c'est dans la nature. Je ne dis pas qu'elle tournera mal. Que le bon Dieu l'en préserve ! Mais, un amoureux qui sera bon pour le mariage, voilà ce qui est à souhaiter. Tant mieux si vous le savez, vous y veillerez, vous connaîtrez le jeune homme, vous l'inviterez à venir chez vous ; nos deux amoureux sortiront le dimanche, avec leurs beaux habits ; ils iront sauter à la danse, et puis ils rentreront bien fatigués ; en chemin, à votre porte, vous n'empêcherez pas qu'ils se donnent un petit baiser. Voilà une fille heureuse toute la semaine, travaillant à coudre et repassant dans sa tête les moindres mots que son amoureux lui aura dits. Vous n'y voyez point de mal, pas vrai ?

— Non, dit Cancoin.

— Tandis que si vous bronchez en dressant les oreilles au moindre mot d'amour, comme un cheval emporté, Alizon n'en parlera jamais. Elle aura raison ; elle le dirait peut-être à sa mère, mais elle aurait peur que la maman Cancoin, une fois la tête sur l'oreiller, ne régalât le père Cancoin de l'aventure. Alors, elle prendra un amoureux ; mais tout se passera en tapinois, pour que vous ne sachiez pas. Vous ne connaîtrez point le jeune homme ; vous ne saurez d'où il vient ni où il va, si c'est un bon ou un mauvais sujet. Au lieu de le voir le dimanche, votre fille le verra dans la semaine. Le fruit défendu est si bon, que les deux amoureux se rencontreront six fois dans la huitaine. Par exemple, ils n'iront pas à la danse ; ils s'en garderaient bien. Il y a toujours des âmes charitables qui vous en avertiraient. S'ils ne vont pas à la danse, où iront-ils ? Un beau jour, Alizon reviendra, pâle, pleurant, les yeux rouges, et elle vous avouera....

— Allez au diable, Guenillon, avec vos suppositions de malheur, » s'écria le tonnelier.

Blaizot écoutait attentivement le pour et le contre du colporteur.

« Il n'a peut-être pas tort, dit-il.

— Mon brave Guenillon, reprit Cancoin, je vous demande pardon de m'être laissé emporter : vous êtes un homme prudent ; vous avez assez roulé les chemins pour amasser de l'expérience. Je suivrai vos conseils ; dès demain il faut qu'Alizon se confesse de son amoureux, bon gré, mal gré.

— Voilà encore la dureté qui vous reprend, dit Guenillon ; vous n'y êtes pas. Soyez bon comme à l'ordinaire ; parlez doucement à Alizon ; elle est brave fille, je gage qu'elle vous dira tout. »

Blaizot se leva tout d'un coup et s'adressant au tonnelier :

« Je m'en vais aussi : il se fait tard.... Venez-vous, monsieur Cancoin, que je vous dise un petit mot ?

— Il n'y a pas de danger, monsieur Blaizot ; vous pouvez parler devant Guenillon : c'est un ami. »

Le tonnelier se rattachait à ce dernier brin d'espoir, pensant que la présence d'un témoin gênerait son propriétaire et rendrait l'explication plus amiable.

« Comment se fait-il, demanda Blaizot, que vous, monsieur Cancoin, qui vivez modestement, qui faites tranquillement vos petites affaires, comment se fait-il que vous vous fassiez autant tirer l'oreille pour régler notre petit compte ?

— Hé, monsieur Blaizot, petit compte pour vous, mais gros pour moi.... Je suis désolé, croyez-le, de ne pouvoir acquitter cette malheureuse dette ; mais je n'ai pas eu grand ouvrage cette année : la vigne n'a pas donné, on a moins commandé de tonneaux.

— Vous concevez, dit le bonhomme, que je ne peux pas me payer de telles raisons; si tous mes locataires m'en disaient autant, il vaudrait mieux ne pas avoir de maisons.

— Je le sais, monsieur Blaizot. Aussi ça me tracasse de ne pas être en mesure. Ma femme est accouchée il n'y a pas longtemps encore d'un nouveau : tout ça mange, les grands comme les petits. Chaque jour l'appétit s'agrandit avec la bouche, et la nourriture ne tombe pas du ciel.

— Il faudrait pourtant trouver un moyen, reprit Blaizot. Je ne suis pas riche, quoique j'en entende qui disent que je remue des louis à la pelle. Je voudrais les voir à ma place, ceux-là; il est facile de vous faire millionnaire de réputation. Dans ce moment-ci, je retranche sur ma nourriture pour aller; les rentrées ne veulent pas rentrer.... L'argent est timide, il se cache, on ne le voit plus. Vous ne savez pas le chagrin qu'on a de donner la volée à des pièces de cent sous en cage; des oiseaux sauvages qui ne reviennent jamais, c'est le diable pour en avoir d'autres. Mais il faut se faire une raison. Celui qui doit, qu'il se coupe plutôt un membre que de ne pas payer.

— Cependant, dit Guenillon, supposons que je sois joueur de violon et que je vous doive : vous serez donc bien avancé si je me coupe la main gauche et que je vous la porte?

— Il n'est pas question de violon ni de main gauche, monsieur le plaisant, reprit Blaizot, blessé de l'intervention de Guenillon; je dis qu'on doit se remuer, se mettre en quatre, faire l'impossible pour payer ce qu'on doit, si on est homme d'honneur.

— Je suis un homme d'honneur, vous le savez ! s'écria Cancoin.

— Sans doute, dit Blaizot; mais, quand mes deux termes seront payés, vous le serez bien plus. Maintenant, nous perdons notre temps à discuter sur les mots; quand est-ce croyez-vous me payer? »

Cancoin hésitait et ne répondait pas.

« J'attends votre réponse, monsieur Cancoin.

— Vous savez, monsieur Blaizot, dit le tonnelier, que je vous avais fait prévenir par Alizon que je payerai tel jour....

— Et vous ne m'avez pas payé....

— Voilà pourquoi, dit Cancoin, je n'ose plus vous donner une date certaine; il arrive tous les jours des événements qui changent la position d'un homme et contrecarrent ses projets.

— Des phrases, dit le reneuvier, mais pas d'argent au bout.

— Que voulez-vous, monsieur Blaizot, je vous payerai le plus tôt possible.

— Le plus tôt possible, s'écria le bonhomme en sautant, le plus tôt possible! Ce n'est pas dans le calendrier. Je ne connais pas saint Le-plus-tôt-possible; c'est le frère de saint Jean-va-te-promener. Ah! je n'entends pas de cette oreille-là. Dites-moi plutôt : Je vous payerai la semaine des quatre jeudis; faites-moi un billet pour le trente-six du mois.... Le plus tôt possible ! Ça n'a pas cours dans le commerce, une monnaie pareille ! Adieu mon argent, alors.... Vous vous imaginez donc, monsieur Cancoin, que je suis de ceux qui croient qu'on attrape les hirondelles en leur mettant un grain de sel sur la queue !... Le plus tôt possible ! Je ne suis point un *grapignan* (procureur), mais il vous faudra trouver des espèces plus sonnantes.

— Cependant, monsieur Blaizot....

— Cependant ne me suffit pas, mon brave homme.

— Vous savez....

— Je ne sais pas, dit le bonhomme Blaizot, je ne sais rien, je ne veux rien savoir; je sais que mon terme n'est pas payé.

— Diable! s'écria Cancoin en frappant du poing sur la table, si vous ne voulez pas m'écouter, faites ce que vous voudrez.

— Parlez alors, mais parlez bien, dit Blaizot radouci par l'emportement de son débiteur.

— Je vous avais fait dire par Alizon que j'allais à la Mal-Fichue livrer une commande de tonneaux, et que je reviendrais avec de l'argent. Est-ce ma faute si ce pauvre Grelu est ruiné, si dans la nuit où j'arrive la ferme brûle ?...

— En voilà une autre bonne paye celui-là! s'écria Blaizot.... Il me fait tort de plus de deux mille francs.... Ah! le scélérat! il brûle sa ferme lui-même.... On n'a pas idée d'une invention pareille. Il pouvait s'en aller, demander l'aumône; il se serait fait pauvre : ils ne sont pas déjà si malheureux, les pauvres!... Au moins il aurait laissé sa ferme debout. Point! Le satané a tout mangé; il ne lui restait plus la valeur d'une épingle, il se dit : Je veux que mes créanciers perdent tout; et il met le feu, le misérable, à sa ferme! Ça ne valait pas grand'chose, c'est vrai; mais, quand je n'aurais eu que dix du cent, il y en a assez pour se consoler.... Ah! le tribunal va arranger son affaire. Il n'en sera pas quitte à bon marché, ce maudit Grelu !

— Eh bien, moi, dit Guenillon à Blaizot, je vous ai laissé parler tout à votre aise; je ne vous connais pas; mais je dis que vous êtes dans votre tort de parler ainsi. Grelu était un honnête homme.

— Un coquin, dit Blaizot.

— Non, un brave et digne homme!

— Un misérable ! s'écria Blaizot, que ces contradictions irritaient.

— Et je ne souffrirai pas, dit Guenillon en s'adressant au reneuvier, qu'on insulte devant moi un malheureux avant que les juges aient donné leur opinion. »

Blaizot ricanait et haussait les épaules, jusqu'au

moment où la peur le prit en voyant Guenillon se lever et dérouler sa haute taille.

« Est-ce que tout le pays ne l'accuse pas? reprit Blaizot. Est-ce moi qui ai inventé ça? D'ailleurs la justice ne se trompe pas; quand un homme est au secret, c'est qu'il y a des motifs. Les innocents ont une langue; ils n'ont qu'à parler.

— Je gage, dit le colporteur, que Cancoin n'a pas si mauvaise opinion du pauvre Grelu.

— Je mettrai presque ma main au feu que c'est Grelu qui a brûlé sa ferme, dit Cancoin, et ça me fait d'autant plus de peine que je l'estime.

— Parbleu, c'est sûr, reprit Blaizot, Grelu est condamné d'avance; il ira aux galères, et avant il s'asseoira sur le tabouret.... »

S'asseoir sur le tabouret, c'est être exposé assis, lié au poteau.

« Peut-on tenir des propos pareils! dit Guenillon.

— Oui, continua Blaizot, fort de l'opinion qu'avait émise le tonnelier, et Grelu dînera à la table sans nappe. »

Cette autre expression populaire, *la table sans nappe*, indique le plancher de l'échafaud qui sert aux expositions.

« Malheureux, c'est vous qui avez perdu mon mari! » s'écria tout à coup une voix qui partait du fond de la chambre.

Les trois hommes tressaillirent en entendant cette voix. A ce moment, la lampe suspendue à la cheminée ne donnait plus qu'une faible lueur; la mèche noircie faisait tous ses efforts pour avaler quelques larmes d'huile. La flamme vacillait et éclairait tour à tour les trois têtes de Guenillon, du tonnelier et de Blaizot, qui causaient ensemble.

Par hasard, Blaizot se trouva éclairé par la lampe mourante. La voix de la fermière l'avait terrifié. Sa figure s'était plissée de mille nouveaux plis; dans chacun d'eux logeait un rayon de terreur.

« C'est la fermière! s'écria Guenillon.

— Elle se sera réveillée et aura entendu le nom de Grelu, dit Cancoin. Il faut la recoucher. »

Comme il allait se lever, une main se posa sur son épaule et le força de s'asseoir. C'était la main de la Grelu. Une main maigre, hâve et décharnée.

La fermière, depuis l'incendie était devenue méconnaissable. Les larmes avaient fait des caves de ses orbites; un ruban noir accusait en demi-cercle la paupière inférieure. Le rouge joyeux s'était envolé des lèvres de la Grelu, et avait envoyé, pour le remplacer, un sang pâle et funèbre.

La fermière arrivait, les yeux inquiets et remuants.

« Rendez-moi mon mari, » s'écria-t-elle.

Cancoin, craignant qu'elle ne se jetât sur Blaizot, lui avait pris les mains; mais la fermière était pleine de force, et se serait échappée des étreintes du tonnelier sans l'assistance de Guenillon.

« Voyons, madame Grelu, dit-il, voyons....

— Tu l'as fait aller aux galères, mauvais homme, mon pauvre mari.... Il ne me restait plus que lui sur la terre.... L'enfant est mort.... Ah! fit-elle en se débarrassant des deux hommes qui la tenaient.

— Prenez garde.... prenez garde, dit Blaizot tremblant et se recoquillant sur sa chaise, prenez garde!

— Ma femme, ma femme! appelait Cancoin.

— Cœur indigne, s'écriait la Grelu en lançant des regards de flamme à Blaizot, lâche, tu as ruiné le village.... C'est toi qui as mis le feu à la ferme, c'est toi, carcasse sans pitié.... Je voudrais te voir manger par les loups dans les champs quand il tombe de la neige.... Vrai, je rirais le lendemain en voyant ton sang de chrétien qui remplirait les ornières.

— Tenez-la bien, dit Blaizot dont la voix haletait.

— Quel tapage vous faites! dit en entrant la tonnelière, qui n'aperçut pas d'abord la Grelu. »

Cancoin, en entendant sa femme, voulut lui faire signe de préparer de l'eau pour calmer les nerfs irrités de la fermière; il la lâcha. Celle-ci profita de ce moment de répit et s'élança d'un bond sur le bonhomme Blaizot. La lampe tomba et s'éteignit.

On n'entendit plus que des cris et des hurlement de rage.

« Elle m'étrangle, au secours! » criait le reneuvier, qui sentait entrer dans les chairs de son cou les ongles de la Grelu.

Dans un mouvement de rage, la fermière fit tomber de sa chaise Blaizot; tous deux roulèrent sur les pavés de la chambre. Guenillon s'était précipité sur la fermière et essayait de lui faire lâcher prise. Cancoin, courant par la chambre, maudissait sa femme de ne pas apporter de lumière. Les enfants, réveillés par ce tapage, pleuraient. Les voisins, qui n'avaient jamais ouï semblables bruits dans le ménage du tonnelier, frappaient à la porte.

Enfin Cancoin reparut avec une lampe nouvellement arrosée d'huile, et trouva la chambre tout en désordre. Guenillon serrait dans ses bras la fermière, en détournant la tête pour ne pas attraper les coups de poing dont elle remplissait l'air.

Blaizot, étendu par terre, s'écriait :

« Je suis mort!... je suis mort! »

Cancoin le releva. Les vêtements du bonhomme étaient indignes d'être offerts au plus pauvre des fripiers. La redingote semblait avoir été déchiquetée par un corbeau à jeun.

« Voyez mon cou, dit-il, je ne peux plus parler; la criminelle m'a étranglé.

— Ce n'est rien, dit Cancoin, il n'y a que de petites égratignures. »

Blaizot se tâta le cou et frémit en sentant sa peau éraillée par les ongles de la fermière.

« Elle est plus calme maintenant, dit Guenillon. Madame Cancoin, veillez, je vous prie, à ce qu'elle ne manque de rien. Frottez-lui les tempes de vinaigre....Brûlez une plume sous son nez. »

La fermière était sans connaissance. On l'assit sur une chaise et on la frictionna de vinaigre.

« Oh! s'écria tout à coup Blaizot qui se palpait tous les membres pour en faire l'inventaire, je sens froid à la jambe gauche.... le sang doit couler!... Je me trouve mal. »

Il se laissa tomber sur une chaise. Guenillon alla à lui, prit une de ses mains et frappa de sa large paume dans celle du reneuvier, qui revint à lui immédiatement.

« Avez-vous visité ma jambe? demanda-t-il tremblant.

— C'est peu de chose, dit Cancoin; seulement, dans la lutte, votre culotte s'est débouclée, et je cherche votre bas et votre soulier qui se promènent bras dessus bras dessous je ne sais dans quel coin.... Bon! voilà le soulier.

— Je la ferai condamner aussi, s'écria Blaizot, pour m'avoir étranglé....

— Je vous conseille, dit Guenillon, de n'en rien dire.... C'est votre faute que les choses se soient passées de la sorte.

— De ma faute! On verra.... Vous vous entendiez tous.... Quelle idée ai-je eue de venir ici ce soir! J'aurais mieux fait de ne jamais réclamer mon argent par la douceur.

— Monsieur Blaizot!... fit Cancoin.

— Je ne me laisse plus prendre à vos protestations.... Vous entendrez parler de moi....

— Voilà votre bas, dit le tonnelier; mais il est tombé dans l'huile.

— A bientôt!... Je ne veux pas de mon bas, » fit le bonhomme Blaizot, qui sortit furieux en fermant rudement la porte.

VII

Profil d'huissier.

Le lendemain samedi, qui est jour de grand marché, Blaizot se leva aussi bon matin que de coutume, malgré les émotions de la veille, pour aller chez son huissier habituel, M. Tête.

Jamais on ne connut d'aussi gai compagnon que ce Tête, qui semblait avoir servi de type à la série de vaudevilles des *Jovial*.

Frais comme une pomme d'api, Tête regardait les gens avec ses joues; car ses yeux se perdaient entre ses sourcils et deux montagnes roses, veloutées comme des pêches.

De même que les joues usurpatrices, le ventre avait dévoré les jambes de Tête; il ne marchait plus, il roulait. L'huissier semblait une petite tonne joyeuse qui parlait et chantait. Aussi exerça-t-il de tout temps son ministère, à Dijon, sans choquer les gens saisis, peu disposés d'habitude à trouver un huissier aimable.

Depuis longtemps une plaisanterie traditionnelle de la basoche l'avait surnommé *Mauvaise Tête*, innocent jeu de mots que l'huissier acceptait avec joie, et qu'il répétait complaisamment à toutes les filles de la campagne qu'il prenait pour servantes.

« Je suis mauvaise Tête et bon cœur, » leur disait-il en les embrassant dès le début.

Le petit huissier avait en effet bon cœur ou plutôt grand cœur. Mme Tête, en quinze ans, accoucha de quatorze enfants.

Les quatorze enfants moururent successivement. Jamais Tête ne fut père plus de trois mois; il n'en était pas plus chagrin.

On remarqua seulement dans la ville qu'à ces jours de funérailles, Tête buvait au café trois bouteilles de bière de plus qu'à l'ordinaire.

Tête avait la réputation d'être le meilleur joueur de piquet de l'estaminet de la Côte-d'Or. Quelques vieillards de Dijon se rappellent encore ces fameuses parties de *piquet à trois* qui avaient pour acteurs principaux, le cafetier, Vincent, chapelier de la rue des Moineaux, et Tête.

A cause de ces parties innocentes de piquet, à cause de son naturel plaisant, Tête était mal vu du tribunal. Un fait plus grave indique pourquoi il *n'avait pas l'oreille du président;* l'huissier changeait si souvent de bonnes qu'on voulut y voir des galanteries antimatrimoniales.

Cependant Mme Tête ne se plaignait jamais; mais le président du tribunal fut particulièrement blessé de ce qu'une de ses plus jolies servantes avait été engagée au service de l'huissier.

Malgré la fécondité de sa femme, malgré les parties de piquet, malgré ses habitudes galantes, Tête menait rondement les affaires de son étude.

Le meilleur client de l'étude était représenté par le bonhomme Blaizot. Aussi l'huissier prenait-il sa mine grave quand venait le reneuvier.

« Eh bien! Tête, demanda Blaizot, venez-vous faire un tour avec moi? »

Faire un tour, dans le langage de Blaizot, voulait dire faire une affaire, ou plutôt faire une saisie.

« Comment donc! monsieur Blaizot, s'écria Tête; je suis tout à vous!

— Vous aurez soin, Tête, de poursuivre Cancoin....

— Bah ! dit l'huissier, le tonnelier !

— Immédiatement et sans répit. »

L'huissier était étonné, Blaizot ayant coutume de patienter pour ses débiteurs de la ville.

« Cancoin, dit-il, est un brave homme.... Il faudrait peut-être attendre.

— Lui ! honnête homme.... Ah ! Tête, vous ne le connaissez guère ; ils m'ont assassiné hier.... Si j'avais des témoins, je les poursuivrais, même au criminel. Ils ont lâché sur moi la femme du brûleur de la Mal-Fichue. Un moment j'ai cru que je prenais le chemin du purgatoire, car tout chacun a toujours quelques fautes à expier, je ne me fais pas meilleur que je ne suis; mais les scélérats !... Je vais chez eux tranquillement leur réclamer le loyer arriéré. Ce qui est dû est dû.... Si personne ne me paye, demain je n'ai plus qu'à mourir de faim. Pendant que je m'expliquais, la Grelu sort de sa cachette, me saute au cou avec ses ongles. Ils s'étaient donné le mot pour éteindre les lumières, et les traîtres ont profité de la nuit pour crier comme s'ils venaient à mon secours.... Je voudrais les voir tous sous la roue....

— En effet, dit Tête, l'affaire est grave; je m'en vais faire la signification, le commandement, le récolement et la saisie. Ce ne sera pas long.

— A propos, dit Blaizot, avez-vous terminé l'affaire Picou?

— Terminé? répondit l'huissier; j'ai bien peur que nous ne soyons enfoncés. Picou est parti de la Mal-Fichue, à la suite de l'incendie, sans dire au revoir à personne. On ne sait pas ce qu'il est devenu.

— Il fallait saisir.

— Saisir quoi? dit Tête. Je me suis borné à faire un procès-verbal de carence.

— Diable ! s'écria le bonhomme, pourquoi ne m'avertissez-vous pas? Si je vous prends pour faire mes affaires, ce n'est pas pour me ruiner. Je vous demande toujours, quand un paysan vient chez moi, si je peux lui prêter sans danger pour mes écus, et je me rappelle, comme si c'était hier, que vous m'avez dit qu'un billet de Picou était bon.

— Je ne peux pourtant pas lire dans l'avenir, monsieur Blaizot, dit l'huissier. Si je savais ce qui arrivera demain, dans huit jours, dans six ans, je vendrais ma charge d'huissier et je m'établirais sorcier. Tout ce que vous avez prêté du côté de la Mal-Fichue a mal tourné; est-ce ma faute? Voilà Picou qui mange tout à boire, qui perd un procès, qui se sauve; voilà Grelu qui brûle sa ferme. Quand vous leur avez prêté, ces paysans étaient bons ; aujourd'hui le hasard veut que leurs affaires s'embrouillent, je ne peux pas empêcher ça.

— Hein ! dit Blaizot, me voilà à la tête de deux morceaux de papier timbré.... ça me fait lourde poche. »

Tout en parlant ainsi, le reneuvier et l'huissier étaient arrivés sur la place où se tiennent les marchandes de volailles et de légumes.

De tous côtés partaient les cris :

« Bonjour, monsieur Blaizot! »

A chaque étal, on l'arrêtait pour lui faire des compliments sur sa santé.

Le bonhomme faisait des affaires avec la plupart des fermiers des environs.

« Je vous quitte, lui dit Tête.

— Surtout ne manquez pas de préparer la saisie Cancoin.

— Tout de suite il sera assigné, » dit l'huissier.

Blaizot continuait à se promener dans le marché; tout à coup, il fut heurté violemment par un paysan qui se retourna brusquement.

« Maladroit, s'écria le reneuvier.... Eh, dit-il en regardant la tournure du paysan qui avait failli le renverser, je ne me trompe pas?... »

Blaizot courut quelques pas.

« Vous voilà, Picou ! » dit-il.

Picou, dont le chapeau de paille était enfoncé sur les yeux, fut embarrassé un moment.

« Salue bien, monsieur Blaizot !

— Nous ne pensons donc plus à notre petit billet? demanda Blaizot.

— Pardon.... au contraire, dit Picou, j'espère être en mesure.

— Comment, vous espérez? mais l'échéance est passée !

— Allons donc, dit Picou, ce n'est que demain; je suis venu exprès aujourd'hui à Dijon.

— Vous faites erreur, Picou; il y a huit jours que votre billet est échu.... Rappelez-vous bien.

— C'est vous, monsieur Blaizot, qui êtes dans votre tort; ces choses-là, c'est sacré. Les pauvres gens n'ont que leur honneur....

— Sans doute, Picou, je vous crois honnête....

— A l'avantage, monsieur Blaizot, dit le paysan; je passerai demain chez vous sans manque.... »

Le bonhomme tenait son débiteur et n'était pas fâché de voir s'il pourrait en tirer quelque à-compte, le jour même.

« Demain, dit-il, je ne suis pas à Dijon; venez donc un instant à la maison, vous boirez bien un verre de vin avec moi. Je vous montrerai le billet par la même occasion.... Ça n'engage à rien, puisque vous payez demain. Nous nous entendrons pour que vous versiez chez Tête. »

Picou suivit son créancier en hésitant.

« Comment vont vos affaires à la Mal-Fichue? demanda le bonhomme, feignant d'ignorer que le paysan avait quitté le hameau.

— Toujours la même chose, répondit Picou pris au piége.... Il n'y a que la ferme de Grelu de moins....

— Est-ce que cet incendie ne cause pas de tort au hameau?

— Du tort ! dit Picou... Les meilleurs médecins

François, ôtez vos bouts de manche. (Page 27, col. 2.)

du monde ne rendraient pas la vie à un mort; on ne trouve pas de diamants au cou d'un cochon.... La Mal-Fichue sera toujours un pays abandonné de Dieu. Il aurait mieux valu que tout brûle d'un coup, et nous avec; ça serait fini, on n'en parlerait plus.

— Mais, dit Blaizot, il y avait par là quelques familles qui vivaient de la ferme.

— Ils vivaient sans vivre. Ce fainéant de Grelu passait son temps à regarder les nuages.

— Au fait, dit Blaizot, vous êtes témoin dans l'affaire; avez-vous déjà déposé? »

Picou parut embarrassé.

« Je ne sais rien, répondit-il, je ne dépose pas. Qu'ils s'arrangent comme ils voudront au tribunal, on peut bien condamner Grelu sans moi.

— Vous n'avez donc rien vu de l'incendie?

— Pas un fichtre!

— Allons, nous voilà arrivés, dit Blaizot; je vais vous faire goûter d'un petit vin de mon clos. »

Le créancier et le débiteur entrèrent dans le cabinet; c'était un musée provincial d'un goût particulier.

Des lithographies de Boilly, représentant différentes expressions de têtes, ornaient les murs.

Un des sujets, colorié avec soin et encadré plus richement que les autres, accusait chez Blaizot d'autres goûts que l'argent; c'était une jeune fille endormie, le sein découvert, que trois têtes de vieillards contemplaient avec une avide curiosité.

Les merveilles de l'industrie étaient représentées par deux bougies, l'une bleu de ciel, l'autre jaune, qui attendaient vainement sous leurs globes, depuis de longues années, l'honneur d'éclairer le cabinet.

La pendule servait d'étagère, et étalait divers objets singuliers des phénomènes naturels, une noisette trois fois mère, des coquillages, des animaux en verre filé.

Les meubles étaient de toutes les époques et de

toutes les conditions, signe certain que le bonhomme avait glané dans chaque saisie opérée par Tête.

« Asseyez-vous, dit Blaizot à Picou, pendant que je vais *aveindre* la fine bouteille. »

Blaizot grimpa sur une chaise, se haussa sur la pointe du pied, et atteignit le flacon; il prit sur la cheminée un grand verre orné, d'une mode antique, et versa dedans quelques gouttes de liqueur.

« Buvez-moi ça, » dit-il à Picou.

Le paysan porta le verre à ses lèvres et fit la grimace, pendant que le bonhomme riait aux éclats.

« Eh! eh! eh! vous voilà pris comme les autres, » dit Blaizot.

Picou jura entre ses dents de la plaisanterie de son créancier; le verre était taillé de telle sorte, qu'en l'approchant des lèvres, le vin, par une ouverture, coulait dans le cou du buveur. Cette farce était particulière à Blaizot, qui manifestait ainsi son humeur plaisante.

« Nom de nom! vous ne m'y reprendrez plus, dit Picou, qui aurait volontiers tordu le cou du bonhomme.

— Allons, Picou, dit Blaizot, ne nous fâchons pas : je vais vous donner à boire dans un gobelet qui ne fuit pas.

— Non, dit Picou, je ne crève pas de soif; d'ailleurs, le cabaret n'a pas été inventé pour les brebis galeuses.

— On ne peut donc pas rire une goutte? dit le bonhomme.... Tenez, voilà mon gobelet d'argent tout plein rasibus; vous me direz des nouvelles de ce *vinot;* il n'y en a pas de pareil au cabaret. »

Picou but le verre d'un trait, s'essuya la bouche avec sa manche, et ne marqua ni approbation ni désapprobation.

« Maintenant, dit le bonhomme, je vais chercher le billet....

— C'est bon, dit Picou, je vous crois.... je me serai trompé....

— Non, non, dit Blaizot, je veux que vous lisiez vous-même la date.

—Quel homme vous faites! s'écria Picou; il faut en passer par tous vos désirs. »

Le bonhomme fouilla dans un carton plein de notes, de petits carrés de papier sales et jaunes, et en retira le billet.

« Quand je vous disais, Picou; est-ce clair? »

Picou prit le billet et le regarda attentivement; Blaizot tendait la main pour le reprendre.

« Vous pouvez le garder, ça ne tient qu'à vous, dit Blaizot, dont la main était attirée comme par un aimant vers la petite image du timbre.

— Vous m'en faites cadeau alors, répondit Picou?

— Eh! dit le bonhomme, qui saisit vivement un des coins du billet, j'entends que vous devriez bien le solder aujourd'hui.

— Puisque c'est convenu pour demain, » dit Picou.

Blaizot s'empara de la moitié du billet que tenait toujours son débiteur.

« Prenez garde, vous allez le déchirer, dit Picou.

— Rendez-moi le billet alors, fit le bonhomme.... Vous payerez demain sans manquer, n'est-ce pas?... Mais vous pourriez peut-être aujourd'hui me donner un petit à-compte.

— Seigneur! dit Picou, que vous êtes soupçonneux!... Je vous dis que demain vous aurez tout!...

— Alors lâchez le billet.... »

Picou rendit le billet à Blaizot, dont la figure s'épanouit tout d'un coup; il avait eu une sueur froide en songeant à son imprudence de laisser un billet impayé dans les mains du débiteur.

Blaizot remit le billet sur la table et posa dessus une poire pétrifiée qui servait de serre-papier. On entendit quelqu'un marcher dans le corridor qui communiquait au cabinet.

« Bon! dit le bonhomme, c'est la Rubeigne qui ouvre la grande porte pour les fermiers qui vont arriver tout à l'heure.

— Moi, je m'en vais, dit Picou.... A l'avantage! monsieur Blaizot. »

Il ouvrit la porte du cabinet.

« Vous ne voulez donc rien donner aujourd'hui? » dit Blaizot.

Le paysan revint sur ses pas.

« Alors, Picou, demain passez chez mon huissier Tête, vous savez....

— Oh! je le connais bien, dit Picou....

— C'est que je serais obligé d'agir contre vous, si demain, à midi, les fonds n'étaient pas arrivés à l'étude de Tête. »

Picou s'était approché de la cheminée et regardait les curiosités sous globe.

« Quelle drôle d'invention! » dit-il. En même temps Picou, par un geste rapide, saisit vivement le billet et l'avala.

— Eh bien! » cria le bonhomme, qui avait vu ce manége dans la glace.

Picou sortit brusquement, traversa le corridor et courut à toutes jambes.

Blaizot resta anéanti une seconde. La surprise que lui causait ce vol audacieux avait fait fléchir ses jambes.

« Au voleur, cria-t-il, au voleur! »

En un clin d'œil la servante arriva et cria à l'unisson :

« Au voleur! au voleur! »

Les deux portes étaient ouvertes. Les voisins entendirent et répétèrent le cri : toute la rue fut en rumeur. On avait vu Picou fuir à toutes jambes. Blaizot sortit de sa maison pâle et défait : la Rubeigne suivait et criait d'une voix glapissante, étendant les bras vers un point noir qui diminuait à vue d'œil, et qui allait disparaître.

En effet, Picou allait s'engager dans une rue transversale, lorsqu'il fut renversé par une voiture de maraîcher qui débouchait de la rue opposée; il tomba roide.

On se précipita sur lui, et on le porta dans la maison du boulanger.

Blaizot arriva, suivi de sa servante; le bonhomme se trouva mal en apercevant son débiteur mort.

De minute en minute la foule grossissait autour de la maison du boulanger; le commissaire de police et un médecin qu'on avait été prévenir purent à grand'peine la traverser.

Le médecin ausculta Picou.

« Il n'est pas mort, dit-il.

— Et mon billet! » s'écria Blaizot.

Pendant que le médecin saignait Picou, qui n'avait qu'un étourdissement causé par le choc, le commissaire de police recueillait la déposition du bonhomme Blaizot.

Picou revint à lui.

« Brigand! s'écria Blaizot.

— Buvez cela, dit le médecin à Picou; vous devez avoir besoin de prendre quelque chose.

— Et vous, monsieur Blaizot, dit le commissaire de police, laissez un peu de tranquillité au prévenu. »

A peine Picou avait-il bu la potion préparée par le médecin qu'il soupira, ferma les yeux et fit entendre des gémissements.

« Un vase! s'écria le docteur; baissez la tête. »

Le malade fut pris de vomissements. Blaizot sauta de joie; on venait de recueillir dans un plat la preuve du vol.

« C'est à moi le billet, dit le bonhomme, qui avança sa main vers le plat.

— Pardon, monsieur Blaizot, dit le commissaire de police, cette pièce d'accusation ne peut vous être remise; je vais la déposer au greffe. »

Après ces incidents, la gendarmerie fut mandée et conduisit Picou à la maison d'arrêt.

VIII

Le clerc amoureux.

Tête avait pour clerc un jeune homme nommé François, fils d'une pauvre femme du faubourg. François travaillait comme un nègre, et gagnait quarante francs par mois, somme considérable à l'époque.

A l'aide de ces quarante francs, François nourrissait sa mère, la logeait, et trouvait encore moyen de s'habiller de noir, car les fonctions qui l'appelaient au tribunal nécessitaient une tenue décente.

« François, ôtez vos bouts de manches, » dit Tête après sa conférence avec Blaizot.

Toutes les fois qu'il envoyait son clerc en course, l'huissier débutait par ces paroles:

« Otez vos bouts de manches. »

François obéit et ploya ses bouts de manches, qu'il rangea dans un coin du pupitre; mais ses bouts de manches ne semblaient avoir servi qu'à faire reluire davantage les coutures du pauvre habit sur les coudes duquel on se serait miré.

François se leva lentement; il paraissait craindre de se faire voir en pied. Qu'on pense à l'effet que devait produire l'habit du gros et court patron sur le dos d'un jeune homme long et maigre; car tous les deux ans Tête récompensait son clerc en lui faisant cadeau de son vieil habit.

Beaucoup trop large pour la poitrine, l'habit était trop court pour les bras; la taille arrivait au milieu de l'épine dorsale; le pantalon faisait froid à regarder. Forcé de porter du noir, François achetait du lasting, une cruelle étoffe l'hiver. Le reste du costume, le chapeau, le gilet et les souliers offraient tout un monde de misère et de propreté.

Tête expliqua à son clerc l'affaire du tonnelier Cancoin. François fut plus étonné que son patron en entendant ce nom; et se troubla.

« Eh bien! ne m'entendez-vous pas, grand Nicodème? dit Tête.

— Pardonnez-moi, monsieur; vous dites, il faudra saisir?

— Vous le savez mieux que moi, et presto encore.

— Saisir Cancoin! s'écria François qui se parlait à lui-même, oubliant complétement la présence de l'huissier.

— Qu'est-ce que vous voyez là d'extraordinaire? Ah çà, François, vous perdez la tête; je voudrais vous voir déjà en courses.

— Mon Dieu! dit le clerc.

— Je vous demande ce qui vous prend, François, cria l'huissier; notez bien que je vous dirais demain d'aller saisir les meubles du pape, qu'il n'y aurait pas à reculer.

— C'est bon, monsieur, je vais au tribunal. »

François partit, la mine décontenancée. Dans la rue, il regarda si Tête n'était pas à la fenêtre, et prit la rue opposée à celle qui conduit au tribunal. D'habitude le long clerc marchait lentement, les yeux cloués sur le pavé, craignant de rencontrer quelque regard ironique attaché sur ses habits; ce jour-là il courait follement, se heurtant aux volets des maisons, aux étalages des boutiques; il gesticulait et faisait aller les bras d'une façon extravagante. François arriva ainsi à la maison du tonnelier et l'entraina d'une façon mystérieuse.

« Monsieur Cancoin, lui dit-il, préparez-vous à un malheur.

— Encore un malheur! dit le tonnelier; quoi donc?

— Je ne sais comment vous dire.... Seigneur!

— Est-ce qu'Alizon aurait été écrasée par une voiture? demanda Cancoin tout ému.

— C'est bien pis, dit François, je vais au tribunal....

— Je comprends! s'écria le tonnelier; il y a du nouveau dans l'affaire Grelu.... Pauvre femme! Vous avez bien fait de ne pas en parler à la maison....

— Ce n'est pas encore ça, dit François.

— Que le diable vous emporte! s'écria Cancoin, avec toutes vos *gieries*, vos mystères.... Nom de nom, parlez donc, je ne crains rien. »

François s'engagea dans mille détours, pour expliquer au tonnelier qu'il allait être saisi.

« Je m'y attendais, mon pauvre garçon, dit le tonnelier.

— Vous ne m'en voulez pas? dit François.

— Moi t'en vouloir, moi qui sais combien tu travailles et la peine que tu te donnes pour soulager ta mère! Je n'en veux pas non plus à M. Tête; il faut que tout le monde vive.... Son métier est de se nourrir des malheureuses gens, qu'il fasse son métier. Je n'en veux même pas au bonhomme Blaizot, et, si Dieu lui pardonne aussi franchement que moi, il ira tout droit en paradis.

— Mais comment allez-vous faire? demanda François.

—Bah! un jour chasse l'autre. Le boulanger cuira encore demain; il ne me refusera pas crédit pour quelque temps. Tant qu'on a du pain, on vit. Je suis connu dans Dijon pour un honnête homme, ma femme aussi et mes enfants; avec ça on trouve de l'ouvrage.

— Vous n'avez donc pas dit tout ça à M. Blaizot? dit François.

— A lui! J'aimerais mieux jouer du violon pour les pierres de la cathédrale! Le bonhomme est plus sec que de l'amadou. Mon pauvre François, son habit de nankin me fait peur comme une peau de tigre. Cours au tribunal et presse mon affaire, que l'huissier ne te gronde pas.

— J'ai pourtant l'idée de voir M. Blaizot, dit François.

— Je te le défends, dit le tonnelier; je te le défends dans ton intérêt comme dans le mien. Ça serait capable de te faire perdre ta place. Comment nourrirais-tu ta mère, dis-moi? »

François secoua la tête tristement.

Le bonhomme, dit Cancoin, croirait que je m'humilie, que je me prosterne; d'ailleurs je lécherais ses souliers que ça ne servirait à rien. Allons, mon garçon, va-t'en.... Ne vas-tu pas pleurer maintenant? Mon Dieu, que tu es bête!

— Je ne pourrai jamais remplir l'assignation qui vous concerne, dit François en sanglotant.

— Ah! le mauvais huissier que tu feras! dit Cancoin en prenant les mains du clerc. Je te remercie toujours, mais sauve-toi; voilà ma femme qui nous regarde, elle se doute de quelque chose. Adieu, François. »

Le pauvre clerc partit pour le tribunal en s'essuyant les yeux; il fut tiré de ses tristes réflexions par une fraîche voix de jeune fille qui criait:

« Bonjour, François.

— Bonjour, mademoiselle Alizon.

— Vous ne me dites rien, François? »

Le clerc d'huissier fut forcé de s'arrêter devant Alizon, mais il n'osa la regarder. Jamais homme ne fut aussi embarrassé de ses bras: il mettait les mains dans ses poches, puis les croisait sur la poitrine; enfin il finit par les cacher derrière le dos. Le pauvre garçon était humilié de ses manches d'habit si courtes, et cherchait un moyen de les dissimuler.

« Dieu! François, que vous êtes drôle! » dit Alizon en riant.

Les oreilles du clerc rougirent considérablement.

« Mademoiselle Alizon, je suis pressé, dit François en levant sa longue jambe gauche pour courir.

— Je comprends, dit Alizon en souriant; voilà midi qui sonne, et vous avez peur de manquer votre amoureuse qui sort de la couture.

— Peut-on dire des choses pareilles, mademoiselle? répondit le clerc, qui devenait pourpre. Vous savez pourtant....

— Qu'est-ce que je sais? »

François balbutia quelques mots inintelligibles, eut le courage de regarder en face la jolie couturière, et fondit en larmes, laissant Alizon fort étonnée d'une douleur si subite.

« Pauvre François! » se dit-elle.

IX

Le juge d'instruction.

« Les prévenus sont-il arrivés? demanda M. Romain à son commis?

— Pas encore, répondit celui-ci.

— Veuillez sonner Legros. »

M. Romain, juge d'instruction au tribunal de Dijon, était un homme à nez pointu, orné de besicles très-fines. Un pareil nez inquiétait les accusés; il paraissait entrer comme une vrille dans les consciences. M. Romain, homme intelligent, passant dans la société dijonnaise pour un homme spirituel et sarcastique, était glacial dans son cabinet de magistrat.

Legros, le concierge du tribunal, entra : ce personnage à triple menton, toujours essoufflé, justifiait bien son nom. Attaché depuis trente-cinq ans au parquet de Dijon, il jouissait d'un libre parler et s'associait si intimement aux actes et aux condamnations du tribunal, qu'il se servait ambitieusement du *nous*.

« Eh bien ! monsieur Romain, dit-il au juge d'instruction, *nous* allons avoir une belle session.

— Alors, demanda plaisamment M. Romain, *vous* condamnez Grelu ?

— Il n'y a pas de doute, dit le concierge.

— En attendant que vous ayez prononcé sur sa peine, préparez les deux sellettes.

— Nous avons donc deux accusés à interroger ? demanda Legros.

— Sans doute : le nommé Picou, dont l'affaire est claire, et le nommé Grelu, qui me tracasse un peu plus. »

On entendit les pas des gendarmes dans le corridor.

« Legros, dites au brigadier de m'amener d'abord le prévenu Picou. »

Picou entra, les menottes aux mains, entre deux gendarmes; on le fit asseoir sur une chaise dans l'angle d'une petite construction en bois treillagé, affectée aux prévenus dans quelques cabinets de juges d'instruction.

Picou, après de longs débats, avoua avoir avalé le billet.

« Ce n'est pas pour la somme, dit-il, c'est pour faire une niche à M. Blaizot, qui m'en avait fait un tas d'autres. »

Et il expliqua l'innocente farce du verre de vin coulant dans la poitrine du buveur au lieu d'entrer dans son gosier.

« Cependant, dit M. Romain, ce projet était médité; vous êtes venu à Dijon dans cette intention.

— Oh ! non, monsieur le juge. Le père Blaizot le dira bien, s'il ne craint pas que la vérité l'étouffe ; c'est lui qui m'a forcé de l'accompagner à sa maison.

— Alors expliquez-moi cette contradiction : M. Blaizot prétend que vous lui avez dit demeurer toujours à la Mal-Bâtie; cependant il est bien constaté par l'assignation de l'huissier Tête que vous aviez abandonné le hameau le lendemain de l'incendie.

— Tout ça est vrai, monsieur le juge; je disais à M. Blaizot que je demeurais à la Mal-Fichue, croyant qu'on ne s'était pas encore présenté pour toucher ce que je lui devais.

— Très-bien.... Où résidiez-vous alors ?

— J'ai un peu roulé dans tous les villages, cherchant de l'ouvrage; n'en trouvant pas, je suis venu à Dijon.

— Comment avez-vous vécu pendant ce voyage ?

— J'avais de l'argent....

— Et, demanda M. Romain, il vous en restait encore dans une ceinture de cuir qu'on a saisie sur vous le jour de votre arrestation.... D'où venait cet argent ?

— De mes économies, dit Picou.

— Vous gagniez par jour ?

— Dix-sept ou dix-huit sous.

— Quelle somme emportâtes-vous en quittant le hameau.

— Cinquante-cinq francs.

— Dites-nous en quelle monnaie : en or, en argent ou en cuivre ?

Picou hésita, se gratta la tête.

« Ah ! je ne me rappelle pas.... Faudrait une mémoire d'ange pour répondre.

— Le tribunal est curieux, dit M. Romain ; voyons, cinquante-cinq francs en cuivre, en sous ou en liards seraient d'une lourdeur....

— Je crois bien, dit Picou.... il y aurait la charge d'un mulet.

— Ce n'était pas en liards ni en sous, vous en êtes sûr, prévenu ?

— J'en prendrais à témoin le bon Dieu.

— Votre ceinture en cuir était toute neuve ?

— Oui, monsieur le juge, je l'avais achetée il y aura demain huit jours.

— Il est présumable, dit M. Romain, que vous n'aviez pas acheté une ceinture exprès pour y mettre un double louis ou deux louis.

— C'est encore vrai, dit le prévenu.

— Alors puisque vous avouez n'avoir en votre possession ni or ni cuivre, la somme dont je vous demande justification consistait en argent.

— Je ne l'ai pas dit, s'écria vivement le prévenu pris dans les raisonnements du juge d'instruction.

— Avez-vous connaissance, Picou, d'un quatrième métal ? »

Le paysan ne répondit pas.

« Vos cinquante-cinq francs étaient en argent; il s'agit maintenant de chercher à vous rappeler combien de pièces de dix sous, de quinze, de trente, de quarante, de cinq francs servaient à former le total.

— Ma foi, monsieur le juge, vous qui êtes si savant, et qui devinez si bien que mon argent était en argent, tâchez de trouver le reste; moi je n'en sais rien. »

M. Romain ne jugea pas à propos de relever la malice du paysan; il affirma.

« C'étaient des écus de cent sous ?

— Oui, dit en goguenardant Picou, des écus de cent sous.

— Greffier, dit le juge d'instruction, écrivez que le prévenu avoue que ses cinquante-cinq francs étaient des écus de cent sous.

— C'est pas vrai, s'écria Picou, c'est pas vrai.

— Ne l'avez-vous pas dit à l'instant ?

— Je l'ai dit pour rire.

— Mais je ne ris pas, dit M. Romain en regardant fixement le prévenu; nous ne sommes pas ici au spectacle, songez que vous êtes sous le coup d'une accusation de vol qualifié ; et rappelez-vous surtout, prévenu, que des aveux peuvent vous mériter l'indulgence du tribunal.... Ce n'étaient donc pas des écus de cent sous?

— Monsieur le juge, aussi vrai qu'il y a un enfer, que ma langue m'étouffe si je ne dis pas comme je me rappelle. C'était de l'argent mêlé.

— A la bonne heure, dit M. Romain; reconnaissez-vous ce petit rouleau de pièces de trente sous cousu dans la toile et saisi sur vous?

— Je le reconnais, dit Picou.

— Vous n'êtes pas marié ?

— Non, dit le prévenu.

— Vous ne vivez pas en concubinage avec une femme ?

— Non plus, dit Picou.

— Qui est-ce qui a cousu ce rouleau de pièces de trente sous ?

— C'est moi, dit le paysan.

— Il est fort bien cousu, reprit le juge; les points sont faits régulièrement, et une ménagère habile de Dijon ne s'en tirerait pas mieux. Combien y a-t-il dans ce rouleau ? »

Picou se leva un peu de son siége ; mais le juge d'instruction mit la main sur le rouleau afin que le prévenu ne pût en deviner le contenu.

« Je n'en sais rien, dit Picou.

— Il est bizarre, continua M. Romain, qu'un homme qui se donne tant de peine pour renfermer des pièces de trente sous ne sache pas ce que le rouleau contient.

— Mettons qu'il y a six francs.

—Est-ce une supposition ? demanda le juge d'instruction.

— Il y a peut-être bien dix francs, dit Picou.

— *Peut-être* n'est pas répondre ; voulez-vous que le greffier écrive que vous ne savez pas ce que contient le rouleau ?

— Non, non, fit Picou; attendez, qu'il n'écrive pas encore.... Si, il y a dix francs. »

Le greffier écrivit.

« Vous comptez mal, prévenu... Jamais des pièces de trente sous ne peuvent faire dix francs. »

Picou jura et sauta sur sa chaise; le gendarme lui mit les mains sur l'épaule et le contraignit à s'asseoir.

« Un peu de calme, prévenu, dit tranquillement M. Romain. A quoi cela vous sert-il de jurer par le nom de Dieu? Vous vous êtes trompé dans votre compte, ce n'est pas un crime; tous les jours il arrive pareille chose. Vous n'êtes pas condamné d'avance pour ignorer ce que contenait ce rouleau cousu avec tant de précaution. Un moment j'avais cru que vous aviez soigneusement cousu ce rouleau pour payer ce que vous deviez à M. Blaizot : il eût été naturel alors d'acheter un sac de cuir pour ne pas perdre votre argent, et de venir à Dijon ; mais vous avez déclaré que vous étiez en ville pour chercher de l'ouvrage et que votre dette ne vous y attirait nullement. Aviez-vous cousu pareillement d'autres petites sommes ?

— Je ne sais pas, répondit Picou.

— Il est singulier que vous ne vous rappeliez rien. Combien mettriez-vous de temps à coudre ce rouleau ?

— Un quart d'heure, fit le paysan.

— Cela me suffit pour le moment, reprit M. Romain. Greffier, veuillez me passer l'interrogatoire. »

Le juge d'instruction se renversa sur son fauteuil et lut attentivement chaque demande et chaque réponse.

M. Romain avait pour système de ne pas bâtir son interrogatoire d'avance ; il arrivait dans son cabinet sans s'être préoccupé des faits recueillis précédemment; mais une fois la première question lancée, il se jetait dans la controverse avec le prévenu, avec tout le recueillement du prêtre au confessionnal. Froid en apparence, M. Romain dépensait pour recueillir la vérité autant d'ardeur enthousiaste qu'un de ces pauvres génies méconnus qui s'occupent encore des sciences occultes. Toute la joie du juge arrivant à la découverte du crime ne se manifestait que par un signe que le prévenu ne pouvait deviner : les narines du nez de M. Romain s'écarquillaient et occasionnaient un léger soubresaut aux lunettes.

Jamais un prévenu ne fut acquitté quand ces symptômes avaient paru sur la figure du juge d'instruction.

« C'est donc pas fini? » demanda Picou au gendarme chargé de le surveiller.

Le brigadier de gendarmerie fit un signal indiquant qu'il n'en savait rien ; M. Romain lisait toujours l'acte d'accusation avec la mine ennuyée d'un teneur de livres. Il passa l'interrogatoire à son greffier et continua :

« Connaissez-vous ce sac, Picou? »

Et le juge, en même temps qu'il posait la question, faisait voir un sac en grossière toile bleue. Le paysan regarda le sac et ne répondit pas.

— Eh bien ! Picou, vous ne le reconnaissez pas?

— Je voudrais le voir de plus près, » dit le prévenu, essayant de gagner quelques secondes pour trouver une réponse.

Le greffier porta le sac et le retourna en tous sens afin que Picou fût bien édifié sur la physionomie du sac.

« Non, dit Picou, ce sac n'a jamais été à moi.

— Il a été trouvé, dit M. Romain, en une petite mare, dite la Mare-aux-Crapoussins, à une portée de fusil de la Mal-Bâtie.

— Je connais la Mare-aux-Crapoussins, dit le prévenu; mais le sac, je ne l'ai jamais vu.

— Il y avait une marque dans le principe, reprit M. Romain, une marque en fil rouge; on semble l'avoir arrachée.

— Voyons la marque, dit Picou; votre *écrivain* ne me l'a pas montrée.

— Que vous importe? s'écria le juge; la grandeur du sac, l'étoffe, ne vous suffisent-elles pas pour le reconnaître, s'il vous appartient?

— Non, dit Picou, le sac n'est pas à moi; jamais.

— Alors la marque au fil rouge ne vous sert à rien?

— Peut-être, fit le paysan; puisque vous dites qu'on a trouvé le sac dans la Mare-aux-Crapoussins, ce n'est pas une hirondelle qui l'aura laissé tomber là. Comme les enfants vont souvent se rouler là dedans, il se pourrait qu'ils l'aient pris à leur père; moi, je connais tout le monde des environs; en cherchant bien, avec la marque, je trouverais peut-être. Je ne demande pas mieux que de vous aider, monsieur le juge, quoique vous preniez plaisir à vouloir m'entortiller.

— Vous dites donc, dit le juge; que les enfants du village vont souvent jouer aux abords de la mare?

— Oh! je crois bien, ils se roulent dedans comme des canards, se jettent de la boue; il n'y a rien qui aime plus l'ordure que les enfants. Après ça, les mioches pourraient avoir trouvé le sac sur la route et l'avoir apporté là....

— Greffier, faites voir le sac au prévenu. »

Le greffier s'était levé.

« Arrêtez, » s'écria vivement le juge d'instruction qui ne quittait pas des yeux les yeux de Picou, et qui avait vu un éclair passer sur sa figure en voyant le greffier lui apporter le sac.

« J'étudierai moi-même la marque, dit M. Romain. Brigadier, l'interrogatoire est clos pour aujourd'hui. Reconduisez le prévenu à la prison. »

Picou sortit, non sans avoir jeté un regard sur le juge, espérant y découvrir quelques traces des sentiments qu'avait laissés l'interrogatoire; mais M. Romain était calme, et sa physionomie ne laissait rien percer.

Peu après on introduisit Grelu. Le fermier, qui sortait de l'infirmerie de la prison, était d'une pâleur mortelle; un gendarme le soutenait sous les bras, car il ne pouvait marcher.

« Comment vous trouvez-vous, Grelu? demanda le juge d'instruction.

— Mieux, monsieur, je vous remercie.

— On a eu des soins pour vous, n'est-ce pas?

— Oh! monsieur Romain, je ne passerai plus un jour sans prier pour les bonnes sœurs de l'hôpital et pour M. le curé, qui ont fait tout ce qu'il est possible pour adoucir ma position.

— Vous voyez que la justice n'est pas si dure qu'on le croit; maintenant que vous voilà en convalescence, il faudrait reconnaître ces soins par des aveux complets....

— Je ne peux vous avouer, monsieur le juge, un crime que je n'ai pas commis.

— Est-ce que M. le curé ne vous a pas donné le même conseil?

— Pardonnez-moi, monsieur Romain; je lui ai répondu comme à vous. Bien mieux, je me suis confessé, j'ai avoué toutes mes fautes; mais je ne puis pas dire que j'ai brûlé ma ferme, puisque cela n'est pas.

— Vous avez désiré voir votre femme?

— Oh! je crois bien, ma femme, ma pauvre femme! Ah! monsieur Romain, dit le fermier en pleurant, faites que je la voie, je n'en demande pas plus: je ne lui dirai rien; elle non plus, je vous le garantis, mais que je la voie.... Ça me donnera du courage, ça me remettra en santé.

— Je ne peux satisfaire à votre demande, dit M. Romain. Si vous aviez fait des aveux, le soir même, vous auriez pu revoir votre femme; mais, puisque vous persistez à nier votre crime, il faudra attendre à la fin de l'instruction.

— Ah! Seigneur!.... que vous êtes cruel! s'écria Grelu.

— Vous sentez-vous de force à supporter une heure d'interrogatoire? demanda M. Romain.

— Je ne sais pas.... si vous le voulez....»

Le fermier s'évanouit.

« Brigadier, dit le juge d'instruction, emmenez Grelu à l'infirmerie; qu'on lui laisse encore quelques jours de repos.... ensuite nous verrons. »

X

L'atelier de madame Paindavoine.

Sur la place des Orfèvres on remarque une vieille maison, plus élevée que ses voisines; au dernier étage, qui forme pignon, se voit une singulière peinture à fresque, qui est d'un joyeux peintre d'enseigne.

Cette fresque représente un long balcon sur lequel se promènent de jeunes souris; derrière un balustre apparaît un gros chat, les prunelles pleines de feu, le corps gonflé d'une joie cruelle. Ce sujet peint à la colle, dévoré par la pluie, est devenu pâle et n'a plus que peu d'années à briller; malgré tout, on le cite aux voyageurs, qui s'en reviennent un peu désappointés d'avoir visité la *Maison au Chat*.

Au premier étage du même bâtiment est un grand tableau représentant un homme vêtu à la mode de 1818, avec des manches à gigot et jouant de la pochette. On lit au bas du cadre : PAINDAVOINE, élève de *Lefèvre*, professeur de danse et de musique.

Au rez-de-chaussée, les rideaux tirés laissent voir des gravures de modes, non pas des plus modernes. C'est l'atelier de couture de Mme Paindavoine, la couturière de Dijon « qui habille le mieux. »

Alizon qui travaillait dans cette maison, en compagnie de dix ouvrières, revint à une heure de l'après-midi, émue des pleurs du clerc de Tête; elle n'avait pas osé en parler au tonnelier, qui déjeuna avec ses enfants sans dire un mot.

La sœur de François travaillait aussi chez Mme Paindavoine, et confiait ordinairement ses secrets à Alizon ; celle-ci n'hésita pas à lui demander la cause de la douleur du clerc d'huissier.

« Mon frère, dit Françoise, est un singulier garçon, il n'est pas bâti comme les autres; il ne me dit rien ; comme il a été élevé au collége, il a peut-être peur que je ne le comprenne pas.

— Est-ce qu'il serait fier?

— Oh! fier, jamais; il est sauvage par timidité, voilà tout. Il étudie la nuit à faire trembler, il ne dort pas trois heures; et quand il n'étudie pas, il copie des rôles pour la recette : ça lui rapporte à peu près vingt-cinq francs par mois, qu'il donne à maman.

— Brave garçon! dit Alizon.

— Veux-tu que je te dise pourquoi il se sauve ordinairement quand il te voit, c'est parce qu'il est mal habillé. Il a honte de lui, des lubies! Quelquefois il m'a demandé si tu ne te moquais pas de lui.

— Et pourquoi ça? dit Alizon.

— Ah! c'est que tu as un air moqueur, sans le savoir.

— Eh bien, Françoise, la première fois que je le rencontrerai, je lui dirai bien le contraire.

— Ne t'en avise pas, ma chère Alizon; s'il se doutait que je t'ai répété cela, il ne me reparlerait plus....

— Avez-vous bientôt fini, chuchoteuses? s'écria Mme Paindavoine, grande personne sèche et maigre, qui trônait comme une impératrice sur une chaise haute. Quand la langue court, l'aiguille ne pique pas. Je vous demande ce qu'elles peuvent se conter de si intéressant.... Allons, Françoise, raconte-moi ta petite histoire, que ces demoiselles en profitent. »

Françoise ne répondit pas.

« Maintenant que je la prie de parler, elle se tait. »

Heureusement pour Françoise et Alizon, on entendit au dehors une voix grêle qui criait :

« Peut-on entrer, madame Paindavoine?

— Oui, » dit la maîtresse couturière.

Alors apparut une singulière caricature, qui n'était autre que M. Paindavoine, professeur de danse. Ses insignes étaient renfermés dans un sac de serge verte qui lassait dépasser un archet menaçant.

M. Paindavoine marchait comme les zéphirs de l'Opéra, les jambes pleines de coquetteries et de séductions.

M. Paindavoine ne fit qu'un bond de la porte auprès de sa femme.

« Mimiche, dit-il en lui baisant la main.

— Ah! qu'il est léger, le monstre! s'écria Mme Paindavoine.

— Mesdemoiselles, dit le maître de danse, vous savez que j'ai organisé un bal à votre intention?

— Oh! merci, monsieur Paindavoine.

— Seigneur! dit la maîtresse couturière, Charles, que vous avez la langue subtile! nous étions convenus de ne pas en parler sitôt.

— Eh bien! Mimiche, battez-moi de votre douce main, je l'ai mérité, » dit le maître de danse en se posant devant sa femme dans l'attitude d'un berger suppliant.

Ces fausses querelles matrimoniales mirent les couturières en bonne humeur.

« C'est pour Noël le bal, mesdemoiselles, dit le maître de danse.... On sautera jusqu'à la mort des jambes, n'est-ce pas, Mimiche? Et je vous exécuterai le fameux pas de Lefèvre, de Dijon, celui qu'il eut l'honneur de danser devant le roi dans le ballet d'*Elizida ou les Amazones*.

— Allons, monsieur Paindavoine, dit sa femme, il est temps d'aller à vos leçons.... J'ai des robes à essayer aujourd'hui, et il ne serait pas convenable pour vous d'être remarqué au milieu des ouvrières.

— Je suis à vos ordres, Mimiche, dit le maître de danse.

— Monsieur Paindavoine, dit une ouvrière, faites-nous donc le salut de Lefèvre. »

Le maître de danse, flatté de cette invitation, partit en faisant subir à son chapeau et à ses jambes mille évolutions distinguées.

XI

Comment la famille Cancoin prit la place d'une relique.

Un matin, Guenillon qui, depuis huit jours, roulait la campagne à vendre ses chansons, fut ébahi en arrivant à l'habitation des Cancoin. Sur la porte était placardé : *Maison à louer*.

La petite famille était accroupie. (P. 34, col. 2.)

« Oh ! dit-il, le vieux pillard de Blaizot a fait des siennes. »

Il demanda aux voisins ce qu'étaient devenus le tonnelier et sa femme ; mais, avant d'obtenir une réponse, il eut à écouter les plaintes et doléances des braves gens de la rue Cadet. Chacun se répandait en imprécations contre le reneuvier ; chacun le maudissait. Si Blaizot eût entendu ces plaintes, il eût tenu quitte Cancoin des termes échus, car sa réputation devait être écorniflée de ce qui se disait relativement à la saisie.

« Ah ! mon brave homme, disait à Guenillon une cardeuse de matelas, occupée en ce moment à secouer la laine au bout de longues baguettes, c'était à fendre le cœur que de voir la pauvre Cancoin quitter une maison qu'elle habite depuis bientôt trente ans, avec ses trois enfants, dont le plus petit, qu'elle portait sur le dos, ne peut pas marcher à cause de ses *anjaulures !*

— C'est tout de même vrai, reprenait le matelassier, celui qui a dit : Cent ans bannière, cent ans civière. Vous vous extéñuez le corps pour donner un morceau de pain à vos enfants ; vous travaillez jour et nuit ; vous vous privez d'un verre de vin pour mettre ensemble les deux bouts ; tout d'un coup le propriétaire arrive, qui vous flanque tout nus dehors pour une malheureuse somme.

— A quoi sert-il d'être honnête ! disait Marion le fripier. Moi, j'aurais mieux aimé mettre la tête sur le billot que d'acheter un meuble saisi chez Cancoin. Ça doit porter malheur. Si tous les revendeurs pensaient comme moi, ils ne mettraient pas une *arnôte* d'enchère sur les objets que la main de l'huissier a touchés. Alors les propriétaires, voyant leurs meubles traités comme des Judas Iscariote, regarderaient à deux fois avant de faire de la peine à un honnête homme.

— Où demeurent les Cancoin à cette heure ? demanda Guenillon, que ces récriminations n'éclairaient pas.

— Alizon surtout me faisait peine, reprit la matelassière; de grosses larmes coulaient de ses yeux. Il faut dire aussi que le père est trop rigide. Pendant trois jours il a eu le temps d'emporter un tas de petites choses qui servent dans les ménages; il n'a pas voulu.... C'est trop fier de sa part. Je ne dis pas qu'il fallait détourner les meubles; pour mon compte je le ferais si je pouvais, et j'aurais raison. Mais M. Cancoin a décidé que les robes d'Alizon, avec quoi elle s'habille le dimanche, devaient rester en gageries, comme ils disent. Cette jeunesse, avec sa méchante robe de tous les jours, ne se sentait guère à la fête.

— Dites-moi donc où les Cancoin demeurent s'écrie Guenillon.

— C'est pourtant la fermière de la Mal-Fichue qui leur a porté malheur. Il ne s'agit pas de faire le bien, dit la cardeuse; il s'agit de le faire à propos, parce que souvent le bien tourne contre vous. Voilà que le mari est en prison.... On dit partout dans la ville qu'il n'y aura pas de choses atténuantes; la grande pâle qu'ils nourrissent à rien faire est peut-être bien aussi dans le complot.

— Ah çà, vieille bavarde, s'écria Guenillon, avez-vous fini de *barguigner* de la langue? »

Les baguettes de coudrier qui secouaient la poussière s'arrêtèrent à ce mot du marchand de chansons; elles se tinrent droites d'abord et commencèrent à décrire une courbe dont le point d'arrêt pouvait bien être les épaules de Guenillon.

« Eh bien! femme, dit le matelassier. »

Les baguettes se redressèrent prudemment, pour retomber avec colère sur la laine du matelas.

« Voilà une heure, dit Guenillon, que je vous demande où sont les Cancoin, et vous me racontez un tas d'affaires qui ne sont pas de mon besoin.

— Vous voulez les voir? demanda la matelassière.

— Oui, je les cherche.

— Fallait donc le dire, dit la matelassière.

— S'il n'y a pas vingt fois que je le demande, il n'y en a pas une.

— Voyez-vous, continua la cardeuse de matelas, ce malheur-là m'a frappée. Ça peut arriver à tout le monde. Il n'y avait que Cancoin qui avait l'air résigné : c'était lui qui soutenait la fermière, et on ne m'ôtera pas de la tête que.... »

Guenillon poussa un juron énorme.

« Ah! la pie borgne qui recommence! Nom d'une pipe! je ne connais pas d'avocat qui ait une *loquence* pareille. »

Le fripier Marion vint mettre un terme à ces discussions.

« Connaissez-vous, dit-il au colporteur, l'église Saint-Béat?

— Ma foi non! dit Guenillon.

— C'est que les Cancoin demeurent dedans.

— Il est donc sacristain? demanda plaisamment Guenillon.

— Eh! non, c'est une église abandonnée où il mettait le surplus de ses tonneaux.

— Bon, dit Guenillon, je vois ça, ce n'est pas loin de la rue de Brosses.

— Précisément, dit le fripier.

— En ce cas, bonjour, je suis pressé. »

Tout près de la rue de Brosses, qui a pris son nom du facétieux premier président au parlement de Bourgogne, est une église abandonnée qui n'est pas la seule dans Dijon. Des unes on a fait des magasins de fourrages, des autres des marchés publics. Ainsi dans beaucoup de provinces, depuis la révolution, ont été démolis, pour faire place à l'industrie, des monuments sur lesquels l'art n'a guère à pleurer. Nous sommes étonnés aujourd'hui, en voyant d'anciennes gravures de petites villes, de ces quantités de flèches dans l'air; ce ne sont que cathédrales, églises, couvents, chapelles, maisons de dévotion, établissements monacaux qui portent de grandes ombres ou écrasent les petites maisons des bourgeois, les boutiques obscures des marchands, les échoppes des ouvriers.

Par un singulier retour, l'ouvrier, aujourd'hui, peut demeurer dans une église.

Cancoin, chassé de sa petite maison, avait à sa disposition la chapelle de Saint-Béat.

Mais le brave tonnelier ne pensait guère à ces antithèses : il trouvait le nouveau logement froid.

Guenillon ouvrit sans difficulté le petit loquet de fer qui branlait dans une vieille porte noire ornée de dessins formés par de gros clous, et il aperçut la grande salle haute et froide, avec ses fresques naturelles et ses fresques peintes par les hommes.

Les fresques des peintres morts étaient en mauvais état. Le temps est quelquefois intelligent : il détruit les mauvaises œuvres. Ce qui restait des anciennes fresques donnait raison à la destruction; mais les fresques naturelles peintes par l'humidité en camaïeux verdâtres, et qui formaient des nuages sans formes arrêtées, menaçaient de se propager abondamment.

Près du mur du fond était une échelle courte qui conduisait à une ouverture obscure. Là avait été jadis la châsse du saint. Cancoin l'avait convertie en appartement.

A droite était disposé tout le matériel de la tonnellerie qui n'avait pas été saisi; à gauche Guenillon remarqua des tonneaux disposés dans un certain ordre. Il y en avait cinq rangés à la suite les uns des autres et solidement calés. De chacun de ces grands tonneaux s'échappaient des linges blancs et des couvertures.

Cancoin en avait fait des lits pour ses enfants.

« Ce n'est pas dommage de vous rencontrer, dit Guenillon en entrant. Bonjour, les amis. »

La petite famille, qui était accroupie devant un pauvre feu fait avec des débris de cerceaux, accourut au-devant de Guenillon.

« A ce que je vois, la santé n'a pas été saisie avec le reste, dit le marchand d'images. »

Guenillon, comme quelques gens d'apparence brutale, avait cependant une certaine délicatesse. Il n'eût pas prononcé le mot *saisie*, s'il ne se fût aperçu de la tranquillité qui régnait dans l'église habitée par les Cancoin.

« Nous n'y pensons seulement pas, dit la tonnelière. Tenez, auparavant nous n'avions pas de fauteuils; mais, comme mon mari est habile, au bout de deux jours nous étions assis comme des empereurs. »

Du doigt, elle montra à Guenillon la fermière se reposant dans un des meubles créés par l'imagination de Cancoin. Il avait scié des tonneaux par la moitié, en conservant un demi-cercle qui servait naturellement de dossier.

Ces tonneaux répondaient à tous les besoins : lit, chaises, fauteuils, armoires et commodes.

« Ce n'est pas un fainéant dit Guenillon, qui aurait trouvé une pareille invention. Je veux avoir des fauteuils pareils, à mon village; j'en ferai cadeau à ma femme, et j'aurai soin d'arranger les planches de telle sorte que, quand Mme Guenillon criera, je la ferai descendre au fond du tonneau, où je la laisserai un jour tout entier. A propos, savez-vous du neuf sur Grelu?

— Rien du tout, dit Cancoin en baissant la voix; nous en parlerons dehors, s'il vous plaît.

— Tout à votre disposition, vous savez. Mais dites-moi comment le brigand de Blaizot a été aussi vite dans ses poursuites.

— Je n'en sais rien; mais je ne me plains pas. Un brave homme, poussé par ce bon garçon de François, m'avait offert la moitié de la somme. Le reneuvier a été plus dur que les pierres : « Il me faut tout ou rien, » a-t-il dit.

— Je me demande quelquefois, reprit Guenillon, à quoi pense la Providence de sauter à pieds joints sur le corps d'honnêtes gens, tandis qu'elle en enrichit d'autres qui ne valent pas la corde qu'on serait tenté de leur mettre au cou.

— Bah! dit Cancoin. Laissez donc tranquilles les riches, et ne vous faites pas mauvais sang à les envier. Nous sommes plus heureux qu'eux. Voilà le bonhomme Blaizot : il m'a mis sur la paille; croyez-vous qu'il en mangera de meilleur appétit? Je dors mieux que lui. Son argent lui tinte dans les oreilles la nuit, comme s'il avait une cloche sous son oreiller; ou bien il rêve qu'on le vole. Je ne changerais pas de peau avec lui, j'aime mieux la mienne. Seulement je suis tracassé par une idée : Alizon se fait grande tous les jours; j'aurais voulu lui mettre quelques sous de côté pour la marier.

— Elle est assez belle femme pour qu'on ne lui achète pas un homme. De l'argent pour se marier! s'écria le colporteur, en voilà encore des sottises de vos villes! Nous ne connaissons pas ça à la campagne : chacun apporte un gros rien entre deux plats, et le lit des mariés n'en est pas plus froid.

— Oui, dit le tonnelier, c'est la faim qui épouse la soif.

— Eh bien! moi, dit Guenillon, je me charge de trouver un épouseur à Alizon, pourvu qu'elle ne fasse pas trop la difficile. Je te lui amènerai un solide gars, bâti comme un cheval de labour, et qui travaillera comme un bœuf. Ça vous va-t-il, père Cancoin?

— Nous verrons, répondit le tonnelier en ouvrant la porte; il ne s'agit guère du mariage d'Alizon en ce moment. Vous avez vu la Grelu dans notre hangar?

— Oui, elle a toujours l'air singulier, dit Guenillon en agitant les mains au-dessus de son front. Est-ce qu'elle vous parle quelquefois de son mari?

— Elle n'en dit pas plus que vous n'en avez entendu.

— Elle n'en a pas ouvert la bouche, dit Guenillon, quand je l'ai rencontrée dans le bois.

— Eh bien, jamais je n'en entends davantage. Le jour, je ne sais pas quelles idées la tourmentent en dessous. Les enfants jouent et crient, quoique ma femme les empêche; la Grelu ne bouge pas. On dirait que ce qui se passe sur terre ne la regarde pas.

— Avez-vous prévenu un médecin? demanda le marchand d'images.

— Attendez, vous allez voir. Au contraire, la nuit, il semble qu'un démon la travaille. A peine qu'elle est couchée, ses agitations la reprennent. Elle se remue, se remue, comme si elle était possédée. Depuis deux jours, ça augmente. Nous étions tous endormis, lorsque ma femme me pousse dans le lit en me disant : « J'ai peur. » Moi je crois que c'est la grande chapelle qui l'effraye. « De quoi as-tu peur? c'est des bêtises. — Tu n'as donc pas entendu? demande ma femme. — Entendu quoi? — Je ne sais pas trop; des soupirs, des gémissements. » J'allais me rendormir, lorsque ma femme me dit : « Entends-tu, maintenant? » Vous savez, Guenillon, que je suis un homme; ma parole, j'ai senti mes cheveux se dresser sous mon bonnet. Ça n'a duré qu'une minute, car je me suis vite rendu compte. La Grelu gémissait comme quand je sui arrivé à la ferme et que son enfant se mourait Je me suis jeté bien vite à bas du tonneau. « Qu'est-ce qu'il y a, madame Grelu? » Rien, elle ne répond rien. « Où souffrez-vous? » que je lui demande. Elle ne répond pas davantage. Je crus qu'elle dormait, lorsque tout à coup elle se met à parler des paroles que je ne comprends pas. J'ai cru remarquer qu'elle semblait répondre à une voix mystérieuse, car il n'y avait pas de suite dans son discours.

— C'est ça, dit Guenillon, la tête n'y est plus.

— Il était toujours question de l'Encharbôté.

— L'Encharbôté! s'écria le marchand d'images.

— Qu'est-ce qui vous étonne?

— C'est dans le bois de l'Encharbôté que j'ai trouvé la Grelu, quand elle était quasiment morte de faim. Ça lui aura resté dans la tête.

— Il y a donc quelque chose d'extraordinaire dans ce bois-là?

— Rien du tout, dit Guenillon, excepté qu'il est si touffu, si plein d'épines, que les arbres y viennent comme il leur plaît, et que c'est pour ça qu'on l'appelle dans le pays l'Encharbôté.

— C'est drôle, dit le tonnelier, qu'un simple bois lui reste dans la tête. J'aurais plutôt pensé qu'elle rêverait d'incendie ; quelquefois j'y pense bien.... Vous ne m'avez jamais dit, Guenillon, ce qu'elle faisait quand vous l'avez rencontrée.

— La Grelu ne faisait rien, elle avait l'air d'une grande âme abandonnée.

— Ce n'est pas tout, reprit Cancoin, elle parle aussi à son enfant la nuit; elle a l'air d'en avoir peur. « Va-t'en, dit-elle, va-t'en ! » Et puis elle ajoute : « J'ai cru bien faire. » C'est comme un remords qui lui pèse.

— Voyons, dit Guenillon, racontez-moi, vous, à votre tour, qui est-ce qui les a sauvés du feu, Grelu d'abord!

— Le fermier s'est sauvé tout seul, dit Cancoin. Puisqu'il avait mis le feu, il ne tenait pas à griller.

— Et sa femme?

— C'est moi, dit le tonnelier, je l'ai prise dans mes bras pour la faire vite passer par la fenêtre; il n'était que temps.

— Et alors? dit Guenillon.

— Alors je l'ai assise par terre.

— Mais l'enfant?

— L'enfant mort était à côté d'elle.

— Après? demanda le marchand d'images.

— Je sais que plus tard je n'ai plus retrouvé ni femme ni enfant.

— Quand je l'ai rencontrée dans le bois de l'Encharbôté, se dit Guenillon, comme s'il se fût parlé à lui-même, la fermière était seule. C'est de la Mal-Fichue au petit bois que l'enfant a disparu. Il a dû se passer quelque chose de terrible pendant la route.

— Ah ! que vous raisonnez bien ! dit Cancoin. Avez-vous fouillé le bois?

— Je ne savais rien à cette heure, répondit Guenillon. Je chantais pour égayer la route, sans me douter des calamités qui étaient arrivées en une nuit aux Grelu.

— L'enfant n'aurait-il pas été emporté par une bête.... par un loup? demanda le tonnelier.

— J'ai jamais vu de loups ni de grosses bêtes dans les environs de l'Encharbôté.

— Une idée, s'écria Cancoin. Si j'emmenais la Grelu par là.... Un jour de marché, il ne me sera pas difficile de trouver deux places dans une voiture de fermière. Peut-être bien que la vue du pays ne lui ferait pas de mal.

— Bah ! dit Guenillon, je ne vois pas de grand soulagement dans votre remède. Est-ce qu'au contraire les restants des murs noircis de la ferme ne lui rappelleraient pas son infortune ? Si vous me croyez de bon conseil, vous me laisserez arranger cela. D'ailleurs, vous n'êtes pas dans de trop bonnes affaires pour aller courir la campagne en compagnie d'une pauvre femme qui a le cerveau affecté. Le lendemain de la Noël, mon ouvrage étant *faite*, j'aurai quelques écus ; c'est mon chemin pour retourner au village. Je me charge de la Grelu et je vous en réponds. Maintenant, je vous quitte pour aller à l'imprimerie, où ils me font languir pour une malheureuse rame de noëls. Et vous, Cancoin, bon courage : nous ne serons pas longs à nous revoir. »

XII

La première oie.

C'est aux approches de l'Avent que certaines boutiques de Dijon prennent une gaie physionomie; surtout à la fête de Noël, les charcutiers dépensent toute leur imagination à faire leur *montre*.

Quelques-unes de ces boutiques ressemblent à un conte de fées où le prince aborde dans l'île de la Ripaille. On installe les gros quartiers de porcs sur des linges blancs, comme pour un reposoir. Les bordures sont faites de guirlandes de boudins noirs mariés à des boudins blancs, et entrelacés de cervelas, de saucisses, d'andouilles.

Certains charcutiers, plus artistes encore, élèvent à grands frais des monuments d'architecture en graisse blanche, où sont reproduits, avec une extrême exactitude, le Panthéon, la Bourse, la Madeleine.

Les montagnes de pâtés lourds et ventrus comme un banquier goguenardent la bourse des pauvres gens qui, huit jours à l'avance, vont voir les boutique

A ces montres que l'œil brille, que le nez s'allonge vers ces grosses friandises ! On comprend, en voyant ces désirs inassouvis, le mot d'un conteur espagnol, qui rapporte qu'un de ses héros regarda un pâté avec des yeux tellement ardents, que le pâté s'en dessécha.

A leur débit de vin les cabaretiers joignent, pour cette époque, le commerce des oies. Dans les rues les moins passagères de Dijon, il est facile d'assister à l'engrais de ces blanches bêtes, qui ont un fond de mélancolie, quoi qu'en ait dit le savant Grimod de La Reynière.

Déjà, dans Dijon, on commencait à flairer le Noël; depuis huit jours la ville, chaque soir, entrait en fête. Le vin blanc coulait à flots dans les cabarets, et, pour attiser la soif des buveurs, sur chaque table s'élevaient de pleines assiettes de marrons.

La veille de Noël, Blaizot envoya aux provisions la Rubeigne, qui était une cuisinière habile. Le bonhomme célébrait Noël à sa façon. Il ne lui survenait pas, ce jour-là des bouffées religieuses; il obéissait, comme la plupart des gens du pays, à une vieille coutume.

Les fermiers qui faisaient des affaires avec le reneuvier avaient envoyé leurs redevances de volailles, de cochons de lait et de fromages.

La Rubeigne dépensa toute son invention dans les apprêts de l'oie, qui était la pièce la plus importante du repas.

Enfin, le 24 décembre de l'année 1829, on vit arriver en grande tenue, rue du Tillô, les convives de Blaizot, qui appartenaient pour la plupart aux corps des notaires, des avoués et des huissiers.

Il faut dire que Maître Tassier, le notaire, et Maître Parcheret, l'avoué, étaient gens un peu véreux, ayant eu plus d'une fois maille à partir avec la corporation dont ils faisaient partie. D'autres officiers ministériels, d'une meilleure réputation, se seraient crus ravalés de dîner en compagnie d'un huissier, qui tient le bas de l'échelle parmi la gent ministérielle.

Mais l'avoué et le notaire étaient à la dévotion de Blaizot; sans la clientèle du bonhomme, les panonceaux du notaire n'auraient pas étalé le brillant de leur dorure. L'avoué, long personnage blême, était à la tête d'une étude si pauvre, qu'il n'avait pas même de clerc, et qu'il lui fallait, dans les longues soirées d'hiver, copier des rôles pour l'administration des contributions.

Aussi était-il plein de respect pour l'huissier Tête qui occupait un clerc.

Le repas commença vers les six heures du soir. L'avoué mangea le potage avec l'avidité des personnes maigres que la vue des hommes gras excite. Il en redemanda.

« C'est un bon plat, le potage, dit-il, quand il est bien accommodé. J'en ferai mes compliments à Mlle Rubeigne.

— Toujours fraîche, mademoiselle, dit Tête, comme la servante entrait. Ah! monsieur Blaizot, que vous êtes heureux d'avoir une cuisinière aussi appétissante!

— Mademoiselle Rubeigne, c'est un bon plat, » reprit l'avoué pour se mettre au ton gaillard de l'huissier.

Le notaire ne disait rien et approuvait par un signe de tête les compliments de son confrère.

« Ah çà, dit Blaizot, qui est-ce qui aime le gras ou le maigre dans le bouilli?

— Le bouilli, s'écria l'avoué, c'est un bon plat. Je vous demanderai un peu de gras.... et aussi un peu de maigre. »

Blaizot n'avait pas manqué, à ce dîner, d'apporter le fameux verre à surprise, dont le vin disparaissait dans la cravate du buveur. Le notaire, quoique sur ses gardes, fut victime de cette plaisanterie qui mit Tête au comble de la joie.

« Vous savez la grande nouvelle, dit l'huissier; le procès Grelu se complique. Nous allons avoir une affaire fort intéressante. Le juge d'instruction et le procureur du roi sont retournés à la Mal-Bâtie, emmenant cette fois avec eux la fermière et un colporteur qui a, prétend-il, des communications importantes à faire. On croit connaître maintenant le mot de l'affaire, d'après ce que j'ai pu savoir au greffe....

— Monsieur Blaizot, je demanderais volontiers un peu de cette échinée de porc; c'est un bon plat, dit l'avoué.

— Maître Parcheret, attendez un moment, dit Blaizot; que j'écoute avec attention. Vous disiez donc, Tête.

— Qu'on connaît maintenant le motif qui a porté Grelu à incendier sa ferme. Ce n'est pas par intérêt, quoi qu'en dise la compagnie d'assurance, qui cependant conserve son recours au civil.

— Ça lui rapportera beaucoup, le recours, dit Blaizot.

— N'importe! Le fermier, à ce qu'on suppose, désolé de ce que son exploitation n'allait pas, voulait se suicider, lui et sa femme, à cause aussi du chagrin de la mort de leur enfant.

— Ce ne sont pas des raisons, Tête, dit le reneuvier. Je n'en perds pas moins mon argent.

— Je mangerais bien, dit l'avoué, une de ces cailles grasses, qui me paraissent un bon plat.

— Il faut pourtant prendre son parti de l'incendie, fit l'huissier.

— Vous avez bientôt dit une dure parole : on voit bien que ça ne sort pas de votre sac, grommela Blaizot. Mais je ne vous comprends pas, Tête, vous avez l'air d'absoudre Grelu.

— Oh! ça regarde les jurés.... Il s'est passé encore à la Mal-Bâtie un fait assez étrange ; comme je vous le disais, un témoin important, un colporteur qu'on nomme Guenillon....

— N'est-il pas ami des Cancoin? demanda Blaizot.

— Précisément, c'est lui qui a retrouvé la fermière.

— Et il n'est pas arrêté?

— Guenillon? demanda l'huissier.

— Mais c'est encore un gibier de potence, celui-là, un sacripant, un *gradasse*....

— Vous vous trompez, monsieur Blaizot.

— Si, c'est un *mandricar*, s'écria le reneuvier plein de colère, en pensant à la scène qui s'était passée le soir chez les Cancoin. La Grelu, son mari, les Cancoin, Picou sont tous complices; ils s'entendent, je vous le dis. Il n'y en a pas un qui paye. Qu'est-ce que c'est que des gens sans argent? des voleurs! Ils empruntent avec l'idée qu'ils ne rendront pas : des voleurs! Ils louent des maisons sans payer leur terme : des voleurs! Ils vous font des billets sur papier marqué; ils ne les payent pas : des voleurs, je vous dis! Ils vous achètent des bestiaux pour les brûler : des voleurs! des voleurs! des voleurs! »

Pendant que l'huissier Tête frémissait d'avoir provoqué un tel réquisitoire, et que Blaizot buvait un coup de vin pour rafraîchir son gosier allumé par la colère, l'avoué maigre mangeait avec la férocité d'un tigre de ménagerie qu'on aurait oublié de servir pendant deux jours. A lui seul il avait fait disparaître un plat de cailles.

« J'aime beaucoup les cailles, c'est un bon plat, disait-il au notaire. Faites-m'en passer un fragment.

— Il n'y a plus de cailles, dit le notaire.

— Oh! la! la! » s'écria l'avoué du ton d'un homme à qui on apprendrait une catastrophe.

La Rubeigne entra avec un plat contenant l'oie dorée. L'avoué se livra à une joie extrême. Appuyant sa chaise sur les deux pieds de derrière afin de se reculer de la table, il regardait l'oie de loin, comme on regarde de la peinture. Puis il se rapprochait et inclinait la tête comme s'il eût rendu hommage à une princesse. Ses yeux s'ouvraient et se fermaient avec une expression de volupté inouïe : ses narines s'élargissaient.

« Ah! monsieur Blaizot, s'écria-t-il, l'oie!!! Ah! monsieur Blaizot! »

Ne trouvant pas de mots pour rendre son enthousiasme :

« C'est un bon plat, l'oie! s'écria-t-il.

— Eh bien! dit Blaizot, chargez-vous de la découper. »

La Rubeigne passa le plat à l'avoué qui, armé d'un grand couteau, commença par l'attaquer aux cuisses. Le notaire, qui jusque-là n'avait pas dit une parole, fit entendre des murmures significatifs.

« Monsieur Parcheret, dit-il, vous commettez une grande faute : tout l'esprit de la bête s'évapore.

— C'est un goulu, dit Blaizot, il n'y entend rien.... Heureusement il n'a encore massacré qu'une cuisse; gardez-la.

— J'aime beaucoup la cuisse, dit l'avoué; c'est un bon plat. »

Le notaire alors se livra à d'ingénieuses estafilades de la bête; il appartenait à l'école des gourmets. Il leva diverses aiguillettes sur le corps de l'oie, et offrit à Blaizot celles du milieu comme plus *fondantes*.

« Les personnes qui savent vivre, dit-il, ne divisent jamais les membres dès le début, car la bête rend moins de jus et paraît moins tendre. »

L'avoué, qui dévorait la cuisse, ne prêtait aucune attention à ces leçons gastronomiques.

« Malheur à celui qui s'attache d'abord à découper les cuisses de l'oie!

— C'est vrai, disait l'avoué, c'est un bon plat. »

Tête, qui avait aussi quelque science dans ces sortes de matières, et qui voyait les aiguillettes diminuer avec une sensible rapidité, proposa de lever encore quelques filets sur la partie charnue des cuisses.

« Non, dit l'avoué qui regardait la seconde cuisse comme sa propriété, ne détruisons pas ce fragment; je le demanderai si personne n'y tient.

— Ah! si j'avais su, dit Blaizot, M. Tête me l'a donnée sur mon assiette.

— Oh! la! la! s'écria l'avoué avec un énorme soupir.

— Tenez, dit Tête, en emplissant l'assiette de son voisin de marrons, voilà.

— Avec un peu de carcasse, si vous permettez, dit l'avoué, j'aime beaucoup la carcasse.

— Si je prenais des pensionnaires, monsieur Parcheret, dit Tête, je vous nourrirais volontiers, vous n'êtes pas difficile, vous aimez tout.

— Avec tout ça, dit Blaizot, vous ne m'avez pas achevé l'histoire des ravageurs de la Mal-Bâtie.

— Et je ferais aussi bien de ne pas continuer; ça vous irrite la bile, et je le comprends. Nous sommes là à dîner, tranquilles; pourquoi nous faire du mauvais sang?

— Non, dit le reneuvier, maintenant j'écouterai sans me fâcher.

— J'en reviens donc au procureur du roi et au juge d'instruction, qui sont partis avec la Grelu et Guenillon. C'est sur les conseils du marchand de chansons que la voiture a fait un détour pour ne pas passer devant la ferme brûlée; ils sont tous arrivés au bois de l'Encharbôté que vous connaissez bien. Là, la fermière est devenue comme une folle, m'a-t-on dit. Elle a pris sa course au milieu des ronces, des épines; il n'y avait que le paysan qui pouvait la suivre, ces messieurs du parquet se seraient arraché la figure et les habits dans le taillis. A un endroit du bois la Grelu s'est arrêtée. C'est alors qu'on a remarqué que la terre avait été remuée, qu'on avait arraché des gazons.

— Pour cacher leur argent, s'écria Blaizot.

— Non, c'était là qu'elle avait enterré son enfant. Guenillon a couru à un village voisin pour ramener le curé; alors on a dit la messe des morts et le corps a été transporté dans le cimetière du village.

— Ça ne m'avance pas à grand'chose, dit le reneuvier. Qu'est-ce qu'une messe fait au procès ?

— Je n'en sais pas plus long, dit Tête. Mais quel coup elle a fait là, la fermière ! Ah ! si madame Tête m'avait monté des scènes pareilles, moi qui ai eu quatorze enfants défunts !

— Allons, buvons un coup, dit le bonhomme Blaizot, qui n'aimait pas à entendre parler d'enterrement.

— Oui, dit Tête ; à votre santé !

— Je prendrais bien de ces épinards accommodés à la graisse d'oie, s'écria l'avoué ; c'est un bon plat. »

Le dîner se passa ainsi jusqu'à onze heures, tous mangeant d'un grand appétit et buvant largement, à l'exception de l'avoué engloutisseur, qui semblait craindre de dissiper par le vin les grosses viandes du repas.

Après quoi chacun se sépara.

XIII

La seconde oie.

Le fermier Grelu sortit de l'infirmerie guéri ; il ne fut plus remis au secret et obtint la permission de voir sa femme en présence d'un gendarme. Combien de fois se serrèrent-ils les mains à travers les barreaux du parloir ! Le mari et la femme ne se tenaient pas de longs discours; mais chaque mot était plein de douces affections, de plaintes et d'espoirs.

Depuis l'enterrement de son enfant, la Grelu semblait revenir à la vie. L'emprisonnement de son mari lui serrait encore le cœur; et si les murs de la prison lui tiraient des larmes, le sourd désespoir l'avait abandonnée.

« Ma pauvre femme, disait Grelu, que de fois j'ai pensé à toi dans le cachot! je ne croyais plus te revoir.

— Moi aussi j'ai bien souffert, et je souffre encore; mais je suis bien consolée aujourd'hui.... Quel honnête homme que le juge qui a donné la permission! Il y a encore de braves gens. Si tu savais comme Guenillon a été bon pour moi ! Et les Cancoin, jamais nous ne pourrons les récompenser de leur attachement.

— N'aie garde, dit le fermier; les bons se retrouvent toujours, et ils ont des façons de se payer à eux qui valent mieux que les richesses des gens comme M. Blaizot. »

En un clin d'œil se passa l'heure qui avait été accordée à la Grelu, et elle quitta son mari pleine de joie de l'avoir revu, mais chagrine en pensant à son incarcération. Elle rencontra le geôlier, et lui mit dans la main cinq francs que Guenillon lui avait donnés :

« Je vous en prie, monsieur, si Grelu a besoin de quelque chose, faites-le-moi savoir, je tâcherai de le lui procurer; c'est un honnête homme, allez ! et vous verrez qu'on finira par connaître son innocence.

— Honnête ou non, ça ne me regarde pas, dit le geôlier. Mais il suffit que vous me le recommandiez à chaque visite comme aujourd'hui.... »

La Grelu sortit. Quelque temps après, le fermier put se promener pour la première fois dans le préau, en compagnie d'autres prisonniers. Tous le regardaient avec curiosité, car ils connaissaient l'accusation qui pesait sur sa tête. Plus d'une fois il en avait été question. Les événements sont si peu nombreux en prison, qu'on s'occupe avec avidité des nouveaux venus; ils sont, pour ainsi dire, jugés d'avance. C'est là que sont débattus les moyens de défense, et fabriqués ces éternels alibis devenus si communs qu'ils viennent en aide à l'accusation.

Grelu ne semblait pas d'humeur communicative; les prévenus ne tentèrent pas d'entrer en conversation avec lui. Le fermier se promenait à grands pas et cherchait l'air et le soleil; il en avait été privé si longtemps, lui habitué à vivre dans les champs, qu'un endroit où les murs ne portaient pas d'ombre lui sembla plus beau que campagne.

Des enfants jouaient dans ce coin et s'amusaient comme en pleine liberté. Près d'eux était assis un homme de quarante ans, d'une haute taille, les cheveux grisonnants, qui souriait à leurs jeux.

La pensée avait semé son visage de rides qui rendaient un peu sévère sa physionomie; son sourire n'en était que plus expressif. Cet homme, par ses habits et ses manières, contrastait tellement avec les autres prisonniers, que Grelu s'arrêta pour le regarder; par hasard, les yeux de l'homme habillé de noir rencontrèrent ceux du fermier.

Grelu salua l'étranger, qui répondit poliment à cette avance.

« Pardon, monsieur, vous devez être l'imprimeur ? demanda Grelu.

— Vous me connaissez? répondit celui-ci.

— Je n'ai pas cet honneur, mais j'ai entendu parler de vous dans mon cachot, dit le fermier.

— Et qui a pu vous parler de moi?

— Le geôlier. En entrant dans cette cour, je n'ai rencontré qu'une figure honnête, et je ne me suis pas trompé.

— Sans vous faire de compliments, dit l'imprimeur, vous me semblez pas non plus un criminel audacieux. Seriez-vous enfermé pour dettes?

— Je suis prévenu d'incendie à ma ferme.

— Je ne l'aurais pas cru, dit l'imprimeur.

— Et vous auriez eu raison, dit Grelu.

— D'ailleurs, reprit l'imprimeur, je ne m'occupe pas de ce qui se passe ici. Les enfants me suffisent, croyez qu'ils me donnent du tracas; cependant je suis parvenu à ce que je voulais. Regardez ces quatre petits qui jouent. Ceux-là, si on me les confiait, je les sauverais et j'en ferais de bons ouvriers. Il n'y a qu'à les redresser; vous, qui êtes de la campagne, vous savez combien doit rester auprès de l'arbre faible le solide tuteur. Si on enlève ces enfants à ma direction, je ne réponds plus d'eux. Ils retomberont. Ils ont le caractère ouvert; ils sont bons au fond, mais faciles à entraîner. Je me garde bien de les laisser seuls avec un petit garnement que vous pouvez voir là-bas avec les autres prisonniers. Celui-là est farouche, peu communicatif; il a douze ans et déjà ses moustaches poussent. Il sera très-fort de caractère et de corps; mais il n'aime que les cartes et retient tout ce qui est mauvais, des chansons ordurières, des mots d'argot. Il a étonné le fameux Lerouge, qui a trouvé moyen de s'évader trois fois d'ici. Je crois qu'il y a des natures vouées fatalement au mal; je crois aussi que l'hérédité y entre pour beaucoup. La mère de ce garçon était une fille de mauvaise vie, son père est un forçat. Tous deux ont été condamnés pour avoir assassiné un homme A neuf ans, ce garçon, qui débutait par un vol, a été mis dans une maison de correction. Il en est sorti et a recommencé. J'ai essayé de tout avec lui, rien n'a réussi. Maintenant je le laisse, heureux s'il ne corrompt pas mes petits élèves.

— Que je suis aise, dit Grelu, de rencontrer ici un homme comme vous. N'est-ce pas triste qu'on soit enfermé pour de l'argent?

— Je ne me plains pas, dit l'imprimeur. Je n'ai pas perdu mon temps ici, et je ne demande qu'une chose, c'est qu'on ne m'en fasse pas sortir trop vite, avant que j'aie fait l'éducation de ces enfants; ou je voudrais être assez riche pour les faire sortir d'ici; ils savent lire maintenant, je les prendrais avec moi, ou je m'en servirais comme apprentis dans mon imprimerie. J'ai de l'ouvrage maintenant pour dix ans; j'ai composé ici de petits livres que je ferai tirer à des nombres considérables pour les répandre à bas prix dans les villes et les campagnes. Ce sont des livres utiles. Avant cinquante ans vous allez avoir une France nouvelle, qui s'inquiétera du passé et plus encore de l'avenir. Et je plains ceux qui, avec une mauvaise éducation, ne comprendront que la surface des idées. C'est surtout l'amour du vrai qu'il faut tâcher d'inspirer : le mensonge nous tue. Il y a des esprits intelligents qui ne demanderaient pas mieux que de s'associer aux idées nouvelles; mais habitués à vivre avec des gens sans conviction, ils regarderont comme de la même bande les premiers qui se présenteront, les mains ouvertes, semant la vérité.

— Je ne suis pas assez savant, dit Grelu, pour voir aussi loin que vous, mais je vous crois.

— Tout homme qui tient une plume, dit l'imprimeur, doit avoir quelque chose à dire; mais il faut qu'il soit sincère et qu'il croie à son œuvre. S'il n'y croit pas, l'œuvre est mauvaise et malfaisante. Malheureusement, parmi ceux qui pratiquent l'enseignement, je n'en vois pas beaucoup qui croient. Ils redisent ce qu'on leur a dit; ils refont ce qui a été fait, et ont peur d'une vérité comme s'il s'agissait de les saigner aux quatre membres. »

Le geôlier entra à ce moment dans la cour; il fit sa tournée en disant à ceux qu'il supposait avoir quelque argent, qu'en considération de la Noël, il avait obtenu la permission de vendre de l'oie aux prisonniers.

Le matin, la femme du geôlier avait acheté une oie tellement maigre, que le mari entra en fureur à la vue de cet animal, qui semblait atteint de phthisie.

Le geôlier ne trouva rien de mieux que de mettre l'oie en souscription parmi ses prisonniers. Quelques-uns, les voleurs, recevaient de l'argent par divers moyens; mais, habitués à être trompés par le geôlier, ils discutèrent longuement chaque partie de la bête qu'ils devaient recevoir en échange de leur argent.

Grelu fut tout étonné quand le geôlier lui dit d'un ton plus bienveillant que de coutume :

« Je vous ai mis un bon morceau d'oie de côté.

— Oh! dit l'imprimeur, vous avez ici une mystérieuse protection. »

Le fermier raconta alors en détail ses entretiens avec le geôlier, sa mise au secret, sa translation à l'infirmerie, et enfin l'affaire de la Mal-Bâtie.

« Je ne connais, dit-il, que le juge d'instruction, un jeune avocat qui veut bien se charger de me défendre, et M. Blaizot.

— Soyez certain que le bonhomme n'est pour rien dans l'amabilité du geôlier. C'est lui qui me tient ici, et il me tient bien, dit l'imprimeur; plein d'adresse, il n'est pas en nom dans mon affaire. Il a une espèce d'endosseur qui se charge pour lui de tous les mauvais coups.

— Ma femme est venue me voir aujourd'hui, dit Grelu.

— Alors tout s'explique, dit l'imprimeur. Le geôlier lui aura tiré de l'argent.

— C'est difficile : elle n'a rien.

— Elle vous aura apporté une oie, sur laquelle le geôlier prélève une dîme.

— Je ne le pense pas, dit Grelu, elle me l'aurait dit. »

Le geôlier revint et appela le fermier.

« Vous faites des amitiés, dit-il, à un homme que je n'aime guère; mais, à cause de la fête d'aujourd'hui, nous ne sommes pas forcés à voir si clair.

Ah! mon Dieu! dit Alison. (P. 46, col. 1.)

Si vous voulez dîner en compagnie de l'imprimeur, je vous laisserai volontiers une heure de plus.

— Ah! merci, dit le fermier : vous êtes bon, et je regrette les paroles que j'ai pu lâcher quand j'étais au cachot. »

Le geôlier se laissa remercier comme s'il avait fait une bonne action. Il ne dit pas que le juge d'instruction permettait de laisser à Grelu quelque liberté; il ne dit pas qu'il avait reçu le jour même une lettre à l'adresse de l'imprimeur, lettre qu'il soupçonnait contenir un mandat sur la poste.

A six heures du soir, Grelu et l'imprimeur étaient dans une petite chambre, où le geôlier apportait un morceau d'oie qu'il avait jugé à propos d'entourer d'une forêt de navets, afin d'en dissimuler la maigreur. Pendant le repas, Grelu raconta à l'imprimeur l'accusation qui pesait sur lui.

Par extraordinaire et contre toutes les habitudes, François, le clerc de Tête, fut introduit dans la prison; mais ses rapports avec le greffe, avec les gens de justice, lui faisaient obtenir quelques priviléges.

François avait connu l'imprimeur au temps de sa prospérité. Il était dans la destinée du pauvre clerc d'huissier d'employer toutes les rigueurs de la loi contre ceux avec lesquels il était lié; aussi ne manquait-il jamais, depuis l'emprisonnement de l'imprimeur, de venir lui rendre visite à chaque huitaine. Il croyait par là effacer ce qu'il regardait comme la souillure de son métier.

François était tenté, toutes les fois que Tête lui donnait à expédier des pièces de saisie, de les anéantir. Jamais on ne vit un ouvrier souffrir autant de sa profession. Quoique travailleur, François était lent dans ces sortes d'écritures, qui lui donnaient des hallucinations de bienfaisance. En transcrivant des commandements, des protêts, des récolements, il rêvait que des millions étaient tombés chez sa mère. Alors le clerc faisait ses comptes, remboursait les frais, arrêtait la saisie, allait porter

21

l'argent aux débiteurs, beaux rêves que troublait l'arrivée de Tête.

Le plus souvent ses rêves se traduisaient en actions plus directes : ainsi, depuis l'emprisonnement de l'imprimeur, François faisait l'impossible auprès des créanciers pour obtenir un concordat qui venait toujours se briser contre les opiniâtres refus de Blaizot.

L'imprimerie marchait sous la direction des intéressés ; et François, appelé par l'imprimeur à tenir les livres, avait conservé, depuis la faillite, cette place qu'il lui était facile d'exercer au sortir de son étude.

M. Fromentin avait intérêt à avoir des nouvelles de son établissement ; il espérait y rentrer et craignait que son absence n'apportât de grands dommages à l'imprimerie.

M. Fromentin fut une *intelligence en province*, c'est-à-dire une nature méconnue, souffrante, incomprise et broyée par les ignorances de la bourgeoisie. L'un des premiers, M. Fromentin introduisit en province le journal politique, qui succomba sous les amendes de la restauration.

Ce fut au moment où il venait d'acheter une presse mécanique qui devait servir à tirer à grand nombre une série de livres populaires, que Blaizot mit un terme à ses projets.

« Et l'imprimerie ? demanda-t-il à François. Quoi de neuf ? Les ouvriers, que disent-ils ?

— Ils s'attendent à vous revoir un jour ou l'autre, ils en seraient bien heureux, car ils vous aiment. Mais ils ne sont guère contents de ceux qui tiennent aujourd'hui l'imprimerie, qui veulent se mêler de tout et qui n'y entendent rien. »

Après que le clerc de Tête eût rendu compte à l'imprimeur des événements peu importants qui se passaient en dehors de la prison, Grelu continua le récit de l'incendie de la Mal-Bâtie.

« M. le juge d'instruction, dit-il, m'a tourné dans tous les sens pour me faire expliquer une chose que je ne comprends pas moi-même, la sortie de la charrette sur laquelle étaient les tonneaux de Cancoin. C'est comme un tour de sorcier. J'ai entendu, la nuit, un bruit sourd pareil au roulement d'une voiture ; je sors sans déranger ma femme, qui avait assez de chagrin avec notre enfant mort. Plus de charrette dans la cour ! Je pense qu'il est entré un voleur ; ce n'est pas qu'il aurait eu gros à grapiller.... j'entends encore le roulement. Dans la nuit, ne pouvant m'orienter qu'au bruit, je cours du côté du bruit, rien ! J'allais toujours sans voir clair ; plus d'une fois je me suis buté aux arbres. Je crois, ma foi, que j'ai fait une bonne lieue. Lorsque je suis revenu, tout était en feu. Je rentre par derrière, craignant pour ma femme ; je ne l'ai plus trouvée, ni Cancoin. Et on m'accuse d'avoir mis le feu. Si c'est Dieu possible ! Malheureusement tout ça était dans la nuit, sans quoi on m'aurait peut-être rencontré courant après ma charrette de tonneaux.

— Si vous aviez eu de l'argent chez vous, dit l'imprimeur, on pourrait soupçonner que le feu a été mis à la ferme pour permettre de vous voler plus facilement.

— C'est juste ce que soutient le juge, dit le fermier. Il m'a montré un sac bleu que je reconnais bien comme à moi ; seulement, je ne conçois pas qu'il n'ait pas été brûlé. Il paraît maintenant qu'il a été retrouvé dans la mare aux Crapoussins, qui est à une portée de fusil de la ferme. Le juge m'a demandé s'il y avait de l'argent dedans quand le feu a pris. Je lui ai répondu qu'il ne devait pas être lourd. Je ne sais pas ce qu'il voit dans ce sac, il y revient toujours ; il me fait mille questions. Ne voulait-il pas savoir combien il y avait d'argent au juste dans le sac, en quelle monnaie !... Pour ça, lui ai-je dit, adressez-vous à ma femme, c'était la ménagère, elle tenait la bourse. Si elle ne le sait pas, personne n'en sait rien.

— Et depuis deux jours on a levé le secret ? demanda l'imprimeur.

— Oui, dit Grelu.

— Alors l'instruction est terminée. Votre femme aura été entendue.

— Je l'ai vue chez M. Cancoin, bien triste, dit François. Maintenant elle reprend.... Il n'y a plus que les Cancoin.... que j'ai saisis aussi. Ah ! monsieur Fromentin, je m'en veux comme si j'avais commis un crime. »

En ce moment le geôlier entra et vint prévenir les prisonniers de rentrer dans leurs cellules.

XIV

La troisième oie.

Le repas n'était pas splendide chez les Cancoin, quoique la tonnelière eût mis en branle toute son imagination pour tâcher d'arriver à déguiser la pauvreté.

Qu'était devenue la carbonnade habituelle qui frissonnait sur les charbons et répandait dans la chambre des odeurs si appétissantes ? Il n'y avait plus au plafond de ces jambons qui semblent plantés là rien que pour exciter le pinceau d'un maître flamand. Le boudin noir n'aurait servi qu'à mieux faire déplorer l'absence du vin blanc.

Aussi, ce jour-là, Cancoin était-il réellement abattu.

« Femme, dit-il, où sont les enfants ?

— Je les ai envoyés voir les boutiques avec Alizon.

— Et qu'est-ce que tu vas leur donner à manger après la messe?

— Nous les coucherons.

— Diable, c'est que les enfants ont de la mémoire, et qu'ils se souviendront bien de l'année dernière.

— Nous n'étions pas des *maupiteux* alors, dit la Cancoin.

— Les enfants auraient été si heureux de manger une saucisse. Voyons, est-ce que, pour aujourd'hui, tu ne pourrais pas leur acheter à chacun une petite crépinette?

— Non, dit la tonnelière, je ne veux plus de crédit nulle part. Nous mangerons, en revenant, un bon morceau de fouace.

— La fouace, dit Cancoin, ce n'est pas très-gras. »

A la Noël, les plus pauvres ne manquent pas d'acheter du pain blanc qu'on appelle la *fouace*.

« C'est pourtant moi, dit la Grelu, qui jusque-là s'était tue, qui vous gêne.

— Oh! madame Grelu, répondit Cancoin, peut-on dire des choses pareilles!

— Maintenant que je suis rétablie, dit la fermière, je vais vous quitter. Demain je ferai des démarches pour entrer en condition.

— Est-ce que vous y songez? s'écria la tonnelière. Vous en condition, vous qui sortez d'être fermière! N'êtes-vous pas à votre aise chez nous?

— Au contraire, j'y suis trop bien; mais il ne faut pas que ça dure longtemps. Le cœur me manque de manger le pain de gens qui en ont à peine pour eux.

— Allez donc! madame Grelu, dit le tonnelier; pour un moment que tout va *de guingoi* (de travers), ça ne peut pas durer. C'est de ma faute, aussi, d'être accablé pour une misère. Eh bien! si nous ne mangeons pas, nous chanterons. Guenillon viendra avec sa vielle, et nous danserons. Voyons, préparons la fête pour ce soir. Femme, il ne s'agit pas de penser à l'année passée. Le Noël d'il y a un an est vieux; qu'il aille se promener. Il s'agit du Noël d'aujourd'hui. Il faut d'abord une suche; nous n'avons pas de bois.... Un noël sans suche est un triste Noël!.... Bon! s'écria-t-il, je vois une suche en l'air. »

Aussitôt il saisit une scie et une hache, grimpa à l'échelle qui conduisait à l'ouverture où jadis était la châsse du saint. Près de la charpente était une poutre qui consolidait la voûte de la chapelle; Cancoin jugea cette charpente trop compliquée, et se mit en mesure d'en abattre quelques parties indifférentes sans compromettre l'existence de la voûte.

La *suche* est connue partout en France sous le nom de bûche de Noël. Aussi choisit-on une de ces bûches massives et imposantes qui ont autant de ventre qu'un bourgmestre.

La coutume, à Dijon, est de cacher derrière la suche mille friandises qui varient suivant la fortune des gens. Généralement on y met des marrons, des pruneaux, des petits chiens en sucre. L'idée reçue chez les enfants est « que la suche les a pissés, » car ils veulent voir du surnaturel dans ces gourmandises.

La poutre, sciée en deux, figura une suche imposante.

« Bah! dit Cancoin après avoir réfléchi, nous avons encore un demi-sac de noix; on cachera des noix. Ce ne sera pas une suche bien généreuse, qu'importe! Une fois que les enfants cherchent, ils sont heureux, et bien plus heureux quand ils trouvent.

— Avez-vous ici un peu de graisse? demanda la Grelu.

— Je m'en sers habituellement dans mon état, dit le tonnelier.

— C'est que, dans mon village, dit la fermière, on amuse les enfants avec de petites clartés qu'on allume dans des coquilles de noix pleines de graisse.

— Fameux! dit Cancoin; nous allons illuminer ce soir comme si le pape entrait à Dijon. A l'ouvrage, femme! Remplis une trentaine de coquilles de noix de graisse; au milieu tu mettras un peu de coton. Nous aurons un Noël superbe. Après ça, bonsoir, il n'y aura plus qu'à jeter nos sabots pour danser la tricotée. »

La Cancoin se hâta de faire les préparatifs de la fête, afin que les enfants, lorsqu'ils arriveraient, ne pussent soupçonner la surprise qu'on leur ménageait.

On entendit sonner à la cathédrale minuit moins un quart.

« Madame Grelu, dit le tonnelier, il est temps de partir si nous voulons arriver au commencement de la messe.

— Est-ce que nous n'attendons pas Alizon et les enfants?

— Ils seront allés tout droit à l'église, dit le tonnelier. »

La Grelu, Cancoin et sa femme sortirent. A peine avaient-ils tourné l'angle de la rue de Brosses, qu'un homme sembla se détacher du mur. Comme la rue était noire, il était perdu dans l'ombre. Il regarda de côté et d'autre, sembla écouter si personne ne venait, et se dirigea vers la porte de la chapelle où demeurait Cancoin. L'homme ouvrit sans difficulté cette porte fermée par un simple loquet et disparut dans l'intérieur.

On entendit alors des bruits d'enfants dans la rue voisine. Alizon venait avec ses frères et sœurs chercher ses parents pour aller à la messe de minuit; tout à coup elle poussa un cri perçant que répéta toute la bande de marmots. Au moment où elle allait entrer chez elle, la porte s'était ouverte et un homme en sortait. Celui-ci parut aussi effrayé que la jeune fille, et ne songea pas à fuir.

« Ah ! que vous m'avez fait peur, François, s'écria Alizon....

— Et moi donc ! dit le clerc qui ne pouvait plus respirer.

— Je vous ai pris pour un voleur.... Eh bien! qu'est-ce qui vous prend maintenant? »

François s'était laissé tomber dans une niche vide, aussi immobile que la statue qu'il remplaçait.

« Mon Dieu, dit Alizon, il se trouve mal.... François? »

Le clerc ne répondit pas. Tous les enfants, étonnés de cette scène, s'étaient groupés en silence autour de François.

« Si j'avais de l'eau encore.... Jean, dit Alizon à l'aîné de ses frères, rentre vite et apporte la cruche.

— S'il vous plaît, non, dit le clerc qui venait d'ouvrir les yeux.

— Ah ! vous voilà revenu à vous, mon pauvre François; c'est égal, je vais vous chercher un peu d'eau.

— Non, oh ! non, s'écria le clerc, qui paraissait jouir encore moins que de coutume de son sang-froid.

— Vous aviez quelque chose à dire à mon père ? demanda Alizon.

— Non.... oui.... précisément.

— La Noël vous tourne la tête, dit Alizon, qui pensa que François avait festoyé contre son habitude.

— Je n'ai pas trouvé M. Cancoin.... Il n'y a personne.... C'est inutile d'entrer.

— Ils seront partis sans nous ; je m'y attendais, dit Alizon. Les enfants ne voulaient pas quitter les boutiques ; mais, monsieur François, nous causerons en chemin, si vous vous sentez mieux.

— Oui, nous causerons en chemin, dit le clerc qui se leva sur ses longues jambes ; c'est une idée. »

En ce moment, les cloches sonnaient à toute volée. Les rues étaient noires ; mais on voyait errer au loin des feux follets verts et rouges, qui n'étaient autres que des lanternes enveloppées de papiers de couleurs.

« Comme vous êtes pâle, François ! dit Alizon, qui put le regarder à la lueur d'un double falot porté par un domestique accompagnant une famille de riches bourgeois.

— Vous trouvez, Mademoiselle?.... C'est que.... dit François.

— C'est que?.... demanda Alizon, qui attendait inutilement la fin de la phrase.

— Rien, dit le clerc ; je pensais....

— Savez-vous, François, que vous m'intriguez beaucoup?

— Moi?.... je vous en demande bien pardon, Mademoiselle.

— Vous êtes tout pardonné d'avance ; mais je voudrais vous voir causer plus clairement. Vous commencez toujours des phrases sans les achever ; ce n'est pas poli.

— Ah ! si j'avais su.... Quel malheur ! dit François.

— Tenez, je vous y prends encore. *Quel malheur* y a-t-il?.... Vous ne me répondez pas maintenant.... Comme vous êtes galant !

— Est-il possible, Mademoiselle?

— Très-possible.... François, voulez-vous que je vous dise? je crois que vous êtes peureux, n'est-ce pas, un petit peu?

— Vraiment?.... je ne le savais pas.

— Vous vous êtes trouvé mal d'être entré dans notre logement désert, tandis que vous croyiez y rencontrer quelqu'un.

— Peut-être bien.... dit François ; j'aurai eu peur.... Non, cependant.... c'est vous, Mademoiselle, qui m'avez troublé quand je n'y songeais pas.

— Je vous fais autant d'effet? dit Alizon.

— Je te cherche, Alizon, s'écria tout à coup M. Paindavoine, qui semblait attendre devant la porte de la cathédrale...

— Je n'ai pas encore osé en parler à papa, dit Alizon.

— Oh ! dit M. Paindavoine, le père Cancoin ne peut pas empêcher ça. Un bal, c'est de ton âge ! D'ailleurs, tu as payé ta part du Noël, il faut que tu le manges. Écoute, va entendre la messe ; moi, je me charge du consentement de ton père. François, veux-tu venir avec moi?

— Oui, dit le clerc, heureux d'échapper aux interrogatoires d'Alizon. »

M. Paindavoine fit plusieurs fois le tour de l'église, accompagné de François ; il remarqua le banc où s'étaient placés Cancoin et sa femme, et il attendit la fin de la messe, qu'annonça bientôt Jacquemart en frappant de son marteau sur la cloche. Madame Paindavoine rejoignit son mari, et avec elle la sœur de François et toutes les ouvrières en couture.

Depuis deux mois, grâce aux amendes payées dans la *Maison au Chat*, une petite somme avait été mise de côté par les jeunes couturières pour faire le *rossignou*, qui est le repas à la suite de la messe de minuit.

Le maître à danser s'était chargé des frais du bal, auquel avaient été invités les frères, amis et amoureux des couturières de la maison Paindavoine. Cancoin fit d'abord la grimace quand le maître de danse lui demanda d'emmener Alizon à cette fête.

« Y penses-tu? Cancoin, lui dit tout bas la tonnelière. Notre fille n'a déjà pas trop de joie. Nous nous privons de faire Noël ; mais tu ne peux l'empêcher de s'amuser un peu. »

Cancoin céda, en recommandant à Françoise et à François de veiller sur Alizon et de ne pas la ramener trop tard.

C'est au sortir de la messe que Dijon prend une physionomie chantante. A partir d'une heure du matin, les cabarets redoublent de joie ; les noëls deviennent bachiques, comme celui que chantait à tue-tête une bande d'hommes au sortir de la cathédrale :

Messire Jean Guillot,
Curé de Saint-Denis,
Apporta plein un pot
Du vin de son logis.
Prêtres et écoliers,
Toute cette nuitée,
Se sont mis à chanter :
Ut, ré, mi, fa, sol,
La gorge déployée.

Ces noëls à boire qui se chantent sur des motifs graves, depuis quinze jours Guenillon en avait vendu plus de dix rames, malgré les nombreux volumes qui restent dans les familles, les cahiers crasseux copiés à la main et les souvenirs de ceux qui en ont un répertoire au bout de la langue. Les jours de marché, pour mieux faire valoir sa marchandise, Guenillon chantait des noëls, entouré d'auditeurs attentifs qui suivaient sur le cahier en accompagnant à voix basse la forte voix du maître. Aussi ce cours musical en plein vent exerçait-il une influence qu'il était impossible de nier à la sortie de la messe de minuit.

« Pourquoi mon pauvre mari n'est-il pas là pour entendre ces chansons ? dit la Grelu que cette joie attristait.

Le tonnelier cherchait un moyen de détourner la conversation.

— Si nous entrions, dit-il, acheter un peu de pain briô chez le boulanger ?

— Oh ! oui, du pain briô ! » cria la bande d'enfants.

Le *pain briô* est une sorte de gâteau fait avec de la farine broyée, dont les boulangers de Dijon ont le monopole.

On arriva à la porte du tonnelier.

« Où as-tu mis le briquet, femme ? demanda Cancoin.

— C'est toi qui l'as rangé.

— Diable ! dit Cancoin, je ne le trouve pas.... Ah ! sur quoi donc ai-je mis la patte ?

— Qu'est-ce qu'il y a ? demanda la tonnelière.

— Il y a, il y a.... Tiens, regarde ! dit Cancoin en faisant flamber une allumette. »

Sur un tonneau, dans une feuille de papier, se tenait étendue, les pattes croisées, une oie rôtie, d'une couleur dorée à faire plaisir à un avare. Le tonnelier regarda sa femme; la tonnelière regarda son mari. L'étonnement les empêchait de parler. Les enfants riaient et formaient le rond autour de l'oie, se montrant la bête du doigt. Sans connaître les causes de la misère, les enfants la comprennent. Ils ne s'attendaient guère à trouver une oie à leur retour, et leur plus vif désir était de la toucher, pour s'assurer qu'elle n'était pas en carton.

« Ma foi, dit la Cancoin, c'est un vrai miracle.

— Je ne crois guère aux miracles de ces temps-ci, dit le tonnelier. En tout cas, nous mangerons le miracle, pas vrai, madame Grelu ? »

La fermière, qui connaissait le bon cœur de Guenillon, pour l'avoir entendu parler la veille de la position précaire de Cancoin, laissa entendre que le marchand d'images ne devait pas être étranger à la venue de cette oie.

« Il est fou, dit le tonnelier, de dépenser son argent ainsi. Est-ce que nous avons besoin de pareilles nourritures ? Tout à l'heure, quand il va venir, je lui dirai ce que je pense.... »

La Cancoin dit aux enfants de chercher dans la chambre; la suche ayant envoyé une oie, il était présumable qu'elle n'avait oublié personne. Et pendant qu'ils cherchaient en se chamaillant, en criant, en se jetant par terre, les fameuses lampes en coquilles de noix furent éclairées. Quoique les gourmandises fussent uniquement représentées par des noix, les enfants, à mesure qu'ils les découvraient n'en étaient pas moins joyeux.

A deux heures du matin, Guenillon arriva; il était fatigué et se laissa tomber dans un des tonneaux-fauteuils. On lui montra l'oie en souriant : il ne comprenait rien aux reproches amicaux qui lui étaient adressés; et il fut très-étonné quand le tonnelier lui dit qu'on l'avait attendu pour faire les honneurs de *son* oie.

« Je n'ai qu'un chagrin, dit Guenillon, c'est de ne pas y avoir pensé.... Ma parole d'honneur si je suis entré ici pendant votre absence ! J'étais trop occupé et j'en ai le gosier enroué. Aussi vous me permettrez que je ne vous chante rien pour le quart d'heure. »

Cancoin et sa femme cherchèrent inutilement l'origine de l'oie mystérieuse ; leurs recherches les ramenaient toujours à Guenillon, qu'ils accusaient d'avoir fait un coup en dessous. Malgré l'obscurité de la provenance de l'oie, elle fut mangée avec grand appétit et assaisonnée de joyeux propos.

Vers les trois heures, Cancoin s'étant plaint de ce qu'Alizon ne revenait pas, Guenillon s'offrit à aller la chercher, et il partit après avoir vu tous les enfants du tonnelier déjà endormis dans leurs tonneaux.

La soirée de Paindavoine fut une de ces fêtes qui laissent trace dans l'esprit des jeunes filles. Quand le *rossignou* fut mangé, il y eut d'interminables rondes de Noël dont quelques-unes ne manquent pas de poésie. Toutes les couturières dirent le fameux chœur :

Chantons Noël, Jeanneton,
Chantons, je te prie ;

Entonnons une chanson
Au doux fruit de vie.
Chantons Noël autant de fois
Qu'il y a de feuilles aux bois
Et d'herbes fleuries
Dedans les prairies.

François, pendant ce chœur, était dans le rond; toutes ces jeunes filles qui tournaient autour de lui, et qui avaient la malice de lui crier dans les oreilles, le mettaient dans un pire état que si elles eussent dansé dans son cerveau. Au milieu de toutes ces voix fraîches, il distinguait la voix d'Alizon qui lui semblait plus pure que le cristal. Le pauvre François s'était paré pour le bal, et ses habits le rendaient plus timide que d'habitude; non pas qu'il fût à la gêne; mais il était tombé dans un excès contraire. Mécontent de porter les habits de Tête, qui était petit et gros, et dont les vêtements étaient par conséquent trop courts et trop larges pour le second endosseur, François avait fait part de ses désirs à un tailleur sans idées, qui lui coupa, par opposition à l'ancien, un habit très-long, mais très-étroit.

Aussi comprenait-on maintenant la véritable longueur de ce corps qui, les jours du travail, flottait dans les vastes et vieux habits de Tête. François était emprisonné par l'étroitesse de ce vêtement maladroit, qui le faisait paraître encore plus guindé.

Pour le clerc, la femme était un être tellement au-dessus de l'homme, qu'il en faisait un objet de dévotion mystérieuse, d'adoration respectueuse, et que *lui parler* constituait aux yeux de François un acte d'audace à peine pardonnable.

Cet état, nommé à tort timidité, prouvait chez le clerc d'huissier une délicatesse de sentiments qu'on ne rencontre d'habitude que chez les natures exquises. A ces natures que blesse une feuille de rose pliée, les réunions nombreuses et bruyantes sont fâcheuses. Il faut l'amour à deux, l'amitié à trois. Ces hommes ne se retrouvent plus dans des conversations de huit personnes; ils sont blessés à chaque instant, et la moindre contradiction leur est brutalité.

Aussi François devait-il servir de victime à la réunion Paindavoine : naturellement il était destiné, le premier, à tomber dans le rond formé par les jeunes ouvrières rieuses.

Les jeux innocents ne manquèrent pas à la fête. François se laissa entraîner à faire partie du jeu du *Chevalier gentil*, que venait de proposer madame Paindavoine.

« Bonjour, lui dit la maîtresse couturière, chevalier gentil, toujours gentil; moi chevalier gentil, toujours gentil, je viens de la part du chevalier gentil, toujours gentil, vous dire que son aigle a un bec d'or.

François frémit à ce discours; il devait répéter exactement ce même texte et s'adresser à son voisin de droite. Il se trompa, perdit son grade de *chevalier gentil* pour passer *chevalier cornard*, c'est-à-dire qu'on lui mit une corne en papier dans les cheveux; au bout d'un quart d'heure le clerc d'huissier avait plus de vingt cornes sur la tête. Malgré les enseignements de Mme Paindavoine, il était impossible à François d'inventer que *l'aigle au bec d'or* devait avoir à sa disposition *des griffes d'airain*, *des yeux de diamants*, *un cœur d'acier*.

M. Paindavoine était une encyclopédie vivante des jeux de société; il avait réussi à faire partager cette manie à sa femme. Plus d'une fois, quand tout repose, il arrivait aux deux époux de répéter, à eux deux, au lit, ces exercices subtils de mémoire, d'esprit et d'attrape.

En plein hiver, M. Paindavoine fut obligé de sortir de sa couche en caleçon, et d'aller attendre en grelottant, dans la pièce voisine, que Mme Paintendre voulût bien l'appeler. Ainsi le voulaient les règlements du *Loup et de la Biche*.

Mais ces duos enfantins ne satisfaisaient pas les deux époux, qui, aux grandes fêtes de l'année, se livraient en grand à leurs passions. Aussi, M. Paindavoine proposa-t-il le jeu du *Jardin de ma tante*, qu'il mit immédiatement en action.

« Je viens du jardin de ma tante. Peste! le beau jardin que le jardin de ma tante! Dans le jardin de ma tante il y a quatre coins. »

François répéta avec succès cette phrase, qui fut redite par toutes les couturières.

Mme Paindavoine continua :

Dans le premier coin
Se trouve un jasmin ;
Je vous aime sans fin.

Puis le maître à danser dit le second couplet :

Dans le second coin
Se trouve une rose ;
Je voudrais bien vous embrasser,
Mais je n'ose.

« Attention, dit M. Paindavoine à ce qui va suivre :

Dans le troisième coin
Se trouve un bel œillet :
Dites-moi votre secret.

— Allons! que chacun dise à chacune son petit secret tout bas. »

François se trouvait près de madame Paindavoine, qui le poussait à des confidences; mais le clerc d'huissier ne comprenait rien à toutes ces finesses. Il balbutia quelques paroles à l'oreille de la maîtresse couturière, qui rit aux éclats en récitant le dernier quatrain :

Dans le quatrième coin
Se trouve un beau pavot.

Ce que vous m'avez dit tout bas,
Répétez-le tout haut.

Malheureusement il fallait répéter toutes les confidences particulières. Il se trouva que M. Paindavoine désirait être papillon en compagnie de sa femme, devenue rose.

François avait répondu qu'il ne savait pas, ce qui mit l'assemblée en belle humeur. Mme Paindavoine *avait donné son cœur au moineau*, donation que le maître à danser s'attribua.

Malgré le vif intérêt qui s'attachait à ces jeux, les jeunes filles ayant voulu danser, M. Paindavoine déplia le sac en serge verte, dans lequel était incluse la pochette.

« Nous reprendrons plus tard les jeux, dit-il à Mme Paindavoine.

— C'est fort agréable, dit celle-ci; mais il faut en avoir l'intelligence. »

La danse commença aux sons vinaigrés de la pochette, que les oreilles des ouvrières trouvaient préférables au meilleur orchestre allemand. Seul, François avait froidement écouté la ritournelle; cependant il fut victime de Mme Paindavoine, qui lui prit la main et le lança dans le quadrille. Le clerc d'huissier était aussi ignorant en chorégraphie qu'en jeux innocents; il troubla plus d'une fois pendant cette contredanse les mélodies du petit maître à danser, qui essayait de lui indiquer les pas et les figures, et qui ne réussissait qu'à jeter du noir dans l'âme de François.

« Ah! le barbare! s'écria M. Paindavoine. Si Lefèvre t'avait vu, il aurait brisé son violon plutôt que de le faire servir à des exercices pareils. On dirait, François, que tu as tes jambes dans tes poches. Et la mesure, qu'est-ce que tu en fais? Tu as des oreilles cependant.... »

François, effrayé d'une telle mercuriale, alla se réfugier près de sa sœur.

« As-tu invité Alizon? demanda Françoise.

— Oh! non, dit le clerc.

— Ce n'est pas bien; il faut la faire danser.

— Je n'oserais, je ne m'y connais pas.... M. Paindavoine vient de me faire des reproches, il a raison.... Ce n'est pas ma place ici.... Je suis bien malheureux.

— Mon Dieu! dit Françoise, s'il est possible de se monter la tête parce qu'on ne sait pas danser! On saute, on s'amuse, ça n'est pas difficile.... Allons, va inviter Alizon.

— Non, dit le clerc, je ne peux pas....

— Eh bien! reprit Françoise, je vais l'inviter pour toi. »

Sans attendre la réponse de son frère, elle courut vers Alizon, qui se tenait assise, et revint dire à François qu'il eût à se préparer pour la prochaine contredanse. A cette nouvelle, le clerc d'huissier se passa son mouchoir sur le front et le retira mouillé de sueur. Il ouvrit la bouche comme s'il eût cherché à attirer tout l'air qui était dans la chambre.

« N'aie pas peur, dit Françoise, qui avait compris par cette pantomine de machine pneumatique combien son frère était craintif des suites de la contredanse. N'aie pas peur, je te ferai vis-à-vis ; regarde moi en dansant, je te ferai signe avec mes yeux. »

En ce moment la pochette fit entendre un *appel* guilleret, qui était un compromis de musique de menuet et de contredanse moderne. François, pour échapper aux yeux d'Argus de M. Paindavoine, alla se placer à son opposé; mais quand il tint dans sa main la main d'Alizon, il crut qu'il allait tomber, tant sa tête bourdonnait, tant son sang bouillait.

Un autre ennemi était ses mains, dont il se montrait aussi embarrassé que d'une paire de rames. Il tâchait de s'en débarrasser en les envoyant dans les poches de son habit faire quelque commission; mais les mains revenaient immédiatement apportant le mouchoir, le seul objet qui emplît les poches, et elles retournaient le reporter. Quand François eut fait accomplir à ses mains sept ou huit voyages inutiles, il lui prit une envie frénétique de priser qui eût nécessité une tabatière, sorte de meuble qui va et vient, pirouette, tournoie dans les doigts, et donne une occupation factice à des membres gênés par leur inaction.

Ces réflexions modéraient tellement la conversation de François qu'Alizon, dans les intervalles de la contredanse, essaya divers moyens de rappeler le clerc aux choses présentes. Elle s'informa s'il était remis de son émotion de la soirée, lorsqu'elle le rencontra à la porte de son père.

« Je vous en prie, dit François, si vous.... Ne parlez jamais de ça!

— Mais on dirait que vous avez commis un crime dit Alizon. Qu'y a-t-il?

— Me promettez-vous le secret, Mademoiselle?

— Oui, dit Alizon.

— Eh bien, vous le saurez trop tôt encore.... Jurez-moi que vous ne direz à personne m'avoir rencontré.

— Voilà qui est trop mystérieux, dit Alizon; mais j'aurais voulu savoir le fond.

— Non, Mademoiselle, ne me forcez pas, reprit François.... Je suis un indigne d'avoir aidé à saisir M. Cancoin, il ne me le pardonnera jamais.

— Vous êtes singulier, François.... Jamais le père n'a eu mot de reproche, même pour M. Tête. Comment voulez-vous qu'il vous en veuille, lui qui a de l'affection pour vous.

— Vraiment! s'écria François. Si je le croyais j'irais tout lui dire, quoique.... peut-être.... serait-il mieux d'en parler d'abord avec vous. »

Alizon attendit vainement la confidence du secret; elle alla se plaindre à Françoise qui rompit la glace.

« Je t'ai déjà fait entendre, ma chère Alizon, que mon frère t'aimait.

— Il n'y a pas de mal.

— Et toi, l'aimes-tu un peu?

— Je ne déteste pas ton frère, quoiqu'il soit un peu embarrassé de ses paroles.

— Il faut le lui dire, reprit Françoise.

— Je ne peux pourtant pas me jeter à son cou, ce n'est pas dans l'habitude. François pourrait bien parler un peu....

— C'est qu'il craint que tu ne le repousses en te moquant de lui. Vois-tu, Alizon, mon frère a un cœur d'or, au fond. Je le vois souvent triste; alors il pense à toi. Il est un peu sot en compagnie, mais ne crois pas que ce soit son habitude. François est savant, et il ne faut que ta présence pour lui faire perdre contenance.

— Je le sais, dit Alizon; mais je n'y peux rien....

— Veux-tu, dit Françoise, que je me charge d'une parole aimable pour lui?

— Qu'est-ce que tu lui diras? demanda Alizon. Je ne peux pas m'avancer et aller faire la cour à un garçon.

— Bon, dit Françoise, j'y songerai cette nuit.

— Ah! voilà M. Guenillon, s'écria Alizon; bien sûr il vient pour moi. »

Le marchand de chansons salua Paindavoine et demanda la fille de Cancoin, qu'il était chargé de ramener chez son père. La soirée continua jusqu'au moment où les sons éteints de la pochette annoncèrent aux couturières que les bras du maître à danser se fatiguaient plus vite que leurs jambes.

XV

Conséquences de la première oie.

Après le dîner, Blaizot fit un tour de promenade avec son notaire. Il rentra chez lui et attendit, en se chauffant, que la Rubeigne revînt de la messe de minuit, car il s'agissait de faire un rossignou particulier, préparé expressément pour le reneuvier et sa servante.

Quand il avait du monde à sa table, Blaizot sauvait les apparences en se faisant servir par la Rubeigne; mais, la plupart du temps, ils mangeaient ensemble.

Quoique l'avoué maigre eût englouti une partie du repas, il était assez abondant pour que chacun des convives en eût une bonne part. Blaizot n'était satisfait ni de son dîner, ni de ses invités; l'huissier Tête l'avait mis en colère, l'avoué lui avait paru d'une gourmandise scandaleuse.

« Je n'ai pas grand appétit, dit Blaizot à sa servante; j'ai presque envie de me coucher.

— Ah! Monsieur, dit la Rubeigne, ce serait une honte, un jour de Noël.... Si vous preniez le coup du milieu. »

Le *coup du milieu* est une habitude passée de mode et tombée avec la restauration. C'était une liqueur excitante qui réveillait l'estomac et que les gros mangeurs ne manquaient jamais d'employer, afin de précipiter la digestion et de faire place à la queue du festin. Blaizot but un verre de vieux rhum qui lui amena quelque bien-être; et il se mit à table heureux d'avoir recouvré l'appétit.

Le rossignou qu'avait préparé la Rubeigne était plus délicat que le dîner d'avant la messe.

« Je prendrais bien un peu de café, dit Blaizot, qui n'en usait qu'avec précaution. Je crois, dit-il, que je dormirai fort aujourd'hui, j'ai la tête lourde. »

La Rubeigne alla préparer le lit de son maître. Cette opération ne demanda qu'une minute; aussitôt Blaizot fit sa toilette de nuit et se coucha. Vers les trois heures du matin, le bonhomme poussa un cri terrible. Il avait le cauchemar et parlait tout haut.

« Rubeigne! s'écriait-il, chasse-moi tous ces brigands-là! ils me détroussent, ils me détroussent, ils me pillent!... Au voleur! Ah! la maudite oie! elle m'étouffe, ôte-la de mon estomac!... En voilà un troupeau sur ma poitrine!... c'est Cancoin qui les conduit avec une gaule.... Je t'en prie, Rubeigne, chasse-les, toutes ces oies qui sortent de la ferme des Grelu.... elles sont enflammées et m'entrent toutes chaudes dans le ventre.... Ah! je brûle.... Rubeigne, éteins-moi! Ah! Seigneur! Et l'huissier qui me rit au nez, la plume dans l'oreille; il excite les oies! Elles ne finiront donc pas!... il y en a plus que de grains de sable. Toujours des oies, toujours c'est une abomination! Qu'est-ce que je leur ai fait à ces bêtes? Rubeigne! Rubeigne? cours chercher les gendarmes! Il y en a déjà plus de trois cents dans moi; elles me mangent en dedans. Je sens leurs pattes froides; elles me fouillent avec le bec.... »

En ce moment Blaizot poussa un tel cri que sa servante accourut.

« Qu'est-ce qu'il y a, Monsieur?

— J'étouffe, dit le bonhomme. De l'eau! »

La Rubeigne apporta vivement une carafe et en versa dans un verre.

« Autre chose! demanda d'une voix faible Blaizot.

— Quoi! Monsieur? dit la Rubeigne.

Elle se livra immédiatement au pillage. (Page 49, col. 2.)

— Vite, ouvre la fenêtre..., de l'air.... beaucoup ... cours.... médecin.... »

Blaizot essaya de se lever et retomba sur son lit. La Rubeigne, effrayée de voir le bonhomme sans mouvement, courut dans la rue éveiller un médecin.

Blaizot réussit à se lever, et cherchait sur la cheminée avec des doigts inquiets. En apercevant dans la glace un vieillard en chemise qui avait la figure violette et les yeux en dehors; le bonhomme eut peur de cette figure et ne se reconnut pas.

Il s'embarrassa dans une chaise et tomba dessus, car ses jambes ne le portaient plus. Il criait encore, mais la moitié de ses paroles restaient accrochées dans son gosier.

« Ah! je meurs!... Elle ne reviendra pas.... Vite.... de l'air. Je donne mon argent.... tout, pour.... »

Sans pouvoir achever sa phrase, Blaizot tomba de sa chaise comme un paquet.

La Rubeigne ne revint qu'au bout d'un quart d'heure avec le médecin.

« Il est bien mort, dit-il ; c'est une apoplexie. »

Cependant il se servit de sa lancette et employa tous les moyens connus en pareil cas, sans pouvoir tirer un souffle de vie du reneuvier étendu sur le lit. Après deux heures de médications inutiles, le médecin se retira, laissa la Rubeigne qui pleurait d'un œil et qui riait de l'autre, car elle se livra immédiatement au pillage de différents objets d'or et d'argent faciles à enlever ou à cacher, de ceux que les héritiers ne retrouvent jamais à la mort d'un célibataire.

Deux jours après eut lieu le convoi du bonhomme Blaizot, auquel assistait une grande partie de la ville : plus de curieux que de pleureurs. Les gens d'affaires se consolaient de la mort d'un si bon client, en pensant que les embarras d'une grosse succession leur vaudraient des procès sans fin, dont le plus clair entrerait dans leur bourse.

On remarqua avec étonnement que l'imprimeur assistait à l'enterrement de M. Blaizot. Les héritiers n'ayant pas voulu continuer l'opposition du bonhomme, M. Fromentin fut mis en liberté. François était avec lui et semblait aussi heureux de la libération de l'imprimeur que si lui-même avait été enfermé au secret pendant un an.

En revenant du cimetière, le clerc fut rencontré par le tonnelier, qui lui secoua l'oreille familièrement.

« Je t'y prends enfin, s'écria Cancoin.

— Qu'avez-vous? demanda l'imprimeur, qui voyait François changer de couleur.

— Il y a que François s'introduit la nuit chez les gens.

— Oh! pardon, monsieur Cancoin, s'écria le pauvre clerc, qui avait la mine d'un voleur saisi au collet.

— Oui, monsieur Fromentin.... il apporte en secret une oie.... Ah! si j'avais su, je ne l'aurais pas mangée.... Qui est-ce qui te prie de nous faire des présents? Est-ce que ta mère en a déjà de trop! A quoi rime ton oie? »

François était dans une telle confusion, que l'imprimeur eut pitié de lui. Il avait reçu toutes les confidences du pauvre clerc; ou plutôt, il les avait tirées à grand'peine une à une.

« Voyons, Cancoin, dit-il, si cette oie menaçait de vous faire grand-père?

— Hein! dit le tonnelier, je ne suis pas encore d'âge, ni Mme Cancoin. Est-ce que tu penserais à quelque chose, François?

— Il pense à Alizon, dit l'imprimeur. »

Cancoin réfléchissait.

« Je ne sais, dit-il, si ma femme serait contente de ce ménage-là. Alizon, je ne l'ai jamais interrogée sur ton compte.... Mais tu es un brave et digne garçon, François, je t'aime comme mon enfant; tu feras un bon mari. Avec tout ça tu n'auras pas ma fille! »

François eut un éblouissement; cette réponse lui donna mille violents soufflets.

« Vous ne parlez pas sérieusement, Cancoin, demanda l'imprimeur.

— Aussi vrai qu'il fait soleil à cette heure.

— Mais, puisque vous reconnaissez à Francois toutes ces qualités, pourquoi le refusez-vous si brutalement?

— Ne me forcez pas trop, monsieur Fromentin, dit Cancoin, qui semblait se livrer un pénible combat. Donne-moi la main, mon garçon, dit-il à François. »

Le clerc se laissa prendre la main : le tonnelier la prit, comme s'il eût pris son marteau. Cancoin avait envie de pleurer et d'embrasser François.

« Je te demande pardon, mon garçon, de te faire tant de chagrin, mais c'est impossible autrement..... Je te dirais bien d'attendre; ce serait mal, parce que tu t'habituerais à ton idée. J'aime mieux couper net; tâche d'oublier Alizon, tu m'en remercieras plus tard. »

Cancoin s'éloigna plein d'émotions; mais l'imprimeur voulait plus de détails : il pria François de venir le retrouver dans une heure, et rejoignit le tonnelier.

« Maintenant, dit-il, nous sommes seuls. Je comprends que vous n'ayez pas voulu dire devant François des choses que je ne m'explique pas; mais à moi....

— Oui, monsieur Fromentin, je vous les dirai. Dans d'autres circonstances, François aurait épousé ma fille quand même Alizon ne s'en serait pas souciée, même malgré ma femme; mais dans sa position!

— Quelle position? demanda l'imprimeur.

— Est-ce que vous croyez, s'écria Cancoin, que je donnerai ma fille à un huissier, ou à un homme qui travaille à devenir huissier ?

— N'est-ce que cela? dit l'imprimeur en riant.

— Dame, ça suffit.

— Si François prenait un autre état?

— Il ne le peut pas, le pauvre garçon; il n'est pas riche. Il faut qu'il gagne sa vie. Lui se passerait encore bien de manger, mais sa mère? Et tenez! il a autant horreur que moi de son état de *saisisseur*, mais il comprend bien qu'il ne peut pas le quitter.

— Alors, à partir d'aujourd'hui, dit l'imprimeur, je prends François dans ma maison, je l'emploie, et je lui donne mille francs par an pour commencer.

— Ah! que c'est beau de votre part, s'écria Cancoin.... Je vais courir après François.... Oui, qu'il épouse ma fille, demain, s'il le veut.

— Remarquez, Cancoin, combien vous tombez dans un autre extrême. J'ai été saisi, je peux l'être encore.

— Jamais, dit le tonnelier.

— Je peux faire de mauvaises affaires.

— Allons donc! s'écriait Cancoin.

— François ne serait pas payé....

— Bah! bah! je vous comprends, monsieur Fromentin; vous voulez vous moquer de moi pour vous avoir fait languir tout à l'heure.

— Je serai plus sage que vous, Cancoin. Mettons le mariage à six mois. Mon imprimerie marchera alors; vous verrez votre gendre à l'œuvre. François rencontrera votre fille tous les jours d'ici là, ils se connaîtront mieux.

— Oui, vous avez raison, dit Cancoin ; je cours chez nous, je veux le dire à ma femme, à tout le monde! Ah! que je suis heureux! moi qui me déchirais le cœur pour refuser ce pauvre garçon.... Adieu, monsieur Fromentin. »

Trois mois après ces événements, on vit Guenillon sur toutes les places de Dijon, qui vendait le « Curieux récit de ce qui était arrivé au hameau de la Mal-Fichue; la condamnation du coupable Picou, et la mise en liberté de l'innocent Grelu. Comment le tribunal lui avait rendu pleine justice. »

Le tout était accompagné d'une vignette taillée à coup de serpe dans du poirier, et qui représentait Picou en costume de forçat. Guenillon, qui n'avait jamais voulu prêter sa voix aux procès criminels, fit une exception, en cette circonstance, pour son ami Grelu. Non content d'avoir prouvé son innocence par sa déposition devant le tribunal, il courut tout le Dijonnais pendant six mois, heureux de chanter sur l'air de : *Approchez, chrétiens fidèles,* l'honnêteté des fermiers de la Mal-Bâtie. Par un caprice qui rappelle ceux des vieux maîtres qui peignaient leur famille et leurs animaux, dans les tableaux religieux, Guenillon avait fait entrer dans les vers de sa complainte :

La belle et pure Alizon,

et son mari François,

De cette chanson le prudent correcteur.

On y voyait aussi

La famille du tonnelier,
Meilleure que du bon blé.

Guenillon n'avait pas oublié

L'usurier avaricieux
Justement puni par Dieu.

LÉGENDE DE SAINT CRÉPIN

LE CORDONNIER

La petite maison de saint Crépin n'était jamais si gaie qu'à huit heures du soir, dans l'hiver.

Le poêle, bourré jusqu'à la gueule, gronde, les légumes trémoussent dans la marmite, le merle siffle encore une fois avant de s'endormir, l'apprenti chante une chanson aussi vieille que sa grand'mère, les marteaux font *toc* et *tac* sur les clous.

« Les amis, dit saint Crépin, tendez les verres, qu'on boive un coup de cidre »

Les compagnons ne se firent pas tirer l'oreille; ils déroulèrent leurs sacs à outils, où un verre en cuir se promenait avec le fil et la poix.

Il n'y eut qu'un cri dans la salle :

« A la santé de saint Crépin ! »

Voilà un brave patron qui ne regardait pas à quelques cruches de cidre dans la soirée. L'ouvrage n'en va que mieux : un coup à boire à propos donne du courage aux compagnons.

Ce n'est pas comme le chaussetier d'en face, qui fait travailler quinze heures par jour des pauvres filles de dix ans, pâles, maigres, longues comme un jour sans pain. Pour économiser, le chaussetier n'allumerait pas une broussaille. Mais au bout de dix ans le chaussetier aura fait fortune et sera un gros bourgeois.

Lui, saint Crépin, il s'en soucie peu d'être bourgeois. Il ne demande qu'à être heureux, et la joie de ses compagnons lui suffit. Il ne veut seulement pas gagner plus qu'eux.

Cependant il y a dans un coin de la cheminée une grosse bourse en cuir cachée dans le sabot aux allumettes, plus grosse de liards que de louis d'or. Qu'importe? Le compagnon a-t-il besoin d'une semaine d'avance, aussitôt les cordons de la bourse sont déliés, et la bourse retourne un peu plus maigre dormir dans le sabot aux allumettes.

Quand un compagnon tombe malade, saint Crépin, la bonté même, envoie la paye entière. Ce jour-là il met exprès le pot-au-feu avec un morceau de viande de plus qu'il ne faut. Mais le bouillon est meilleur, on ne compte plus les yeux tant il y en a. Le malade avale le bouillon bien chaud, et ça lui fait dans l'estomac plus doux que la flanelle au ventre.

Saint Crépin s'était aperçu depuis longtemps que quelques compagnons arrivaient le matin en hiver les yeux rouges, et qu'ils se plaignaient que la vue leur *piquait*. Il y a dans les souliers des parties qui demandent autant d'application que la gravure ; surtout pour enfermer l'*âme* entre les deux semelles il faut de grands soins et de la prudence. Le petit morceau de cuir mince qu'on appelle *l'âme*, parce qu'il est mystérieux et ne voit jamais le jour, ne demande pas à être mouillé. L'âme craint la pluie autant que la neige; si elle est mouillée, elle se venge en mouillant la semelle supérieure, qui, à son tour, mouille celui qui est dans les souliers.

Soulier mouillé vaut rhume.

Or, saint Crépin, qui savait le danger des rhumes, avait recommandé à ses compagnons de s'appliquer particulièrement à cet endroit de la chaussure; là, on devait employer le fil le plus solide, l'alène la plus mince, la poix de première qualité. Les points se pressaient serrés aussi habilement que par une brodeuse de dentelles, et emprisonnaient entre les deux lèvres de cuir l'âme, qui était la langue.

Mais ce travail, délicat, à la chandelle, exigeait une grande application des yeux. Saint Crépin sentait que la courbature du dos était déjà assez fâcheuse sans y ajouter la fatigue de la vue. La cause du mal n'est guère utile si le remède ne vient faire contre-poids.

Depuis cinq ans saint Crépin raisonnait là-dessus, réfléchissait et se donnait des coups sur le front sans en rien faire sortir.

Il y a un remède souverain, qui est le remède des saisons. Quand arrive le printemps, les jours grandissent, le lilas envoie dans l'air de douces odeurs, on ne travaille plus le soir. Bientôt les yeux des compagnons cordonniers reprenaient leur tranquillité aux floraisons de la nature.

Mais sitôt que les vendangeurs entrent dans les cuves pour presser le raisin, c'est le signal des grandes soirées d'automne. La maladie reprenait cours.

Un 31 décembre, les cordonniers avaient veillé plus tard que de coutume; la besogne pressait, et ils voulaient les premiers souhaiter la bonne année à leur patron.

Quand on entendit le long craquement qui se fait dans la boîte du coucou, et qui annonce que l'heure va sonner, toutes les têtes se levèrent, les aiguilles s'arrêtèrent, les tranchets furent mis de côté, le fil resta à moitié engraissé de poix.

« Saint Crépin, voilà la bonne année. »

Les compagnons embrassèrent, tous, le patron comme leur père, le patron embrassa tous les compagnons comme ses fils. Il se fit dans la chambrée un certain tumulte. Saint Crépin était entouré d'un groupe d'ouvriers, tandis que d'autres allaient chercher un objet mystérieusement enveloppé dans une serge verte, et déposaient sur la cheminée le chef-d'œuvre.

Une petite botte, luisante comme un miroir, où un compagnon industrieux avait dessiné la Passion en creux.

« Le bel ouvrage! s'écria saint Crépin. Mais combien vous vous êtes donné de mal pour ce chef-d'œuvre! »

Le saint se disait au fond que de patience il avait fallu dépenser pour créer un meuble inutile. Seulement le saint se trompait. Cette petite botte, avec les apparences d'une chaussure de nain, était un verre à boire. Diverses préparations pharmaceutiques avaient chassé la forte odeur qui s'attache habituellement au cuir.

« Nous allons, dit saint Crépin quand il eut l'explication de cette merveille, boire le cidre, et trinquer un bon coup avant de nous remettre à la besogne. »

Comme l'ouvrage pressait, les trinquements se firent avec agilité, et chacun se remit gaiement à l'ouvrage, saint Crépin en tête.

Il avait réservé deux bouteilles pour le coup du départ.

Le merle, réveillé par ces rumeurs, sifflait comme pour prendre part à la réjouissance du nouvel an.

Saint Crépin poussa tout d'un coup un grand cri, en se levant aussi brusquement de son tabouret que s'il se fût assis sur une alène.

« Quest-ce qu'il y a, saint Crépin? s'écrièrent les compagnons. Vous sentez-vous mal?

— Non, mes amis, c'est la joie.... Ah! je n'y tiens plus! regardez la bouteille de cidre! »

Les compagnons levèrent les yeux vers la bouteille, qui ressemblait à toutes les autres bouteilles. Ainsi que d'habitude, de petits points brillants partaient du cul pour monter au goulot, ce qui est la marque du bon cidre mousseux.

« Ah! Seigneur! dit saint Crépin, que je vous remercie! »

Il s'assit sur un tabouret de cuir, prit un soulier en train et l'approcha de la bouteille de cidre. Alors les compagnons s'aperçurent avec surprise que des flancs de la bouteille sortaient des rayons lumineux qui s'étendaient sur toutes les parties du soulier, suivant qu'on le changeait de place.

« Mes bons amis, dit saint Crépin, voilà les étrennes que Dieu nous a envoyées. Voilà ce qui vous sauvera la vue. »

Là-dessus les cordonniers se mirent à genoux. Et depuis cet hiver, ils employèrent la bouteille qui, plus tard, devint cette grosse boule d'eau, aux larges flancs, qui apporte une si vive lumière sur les ouvrages des braves savetiers d'aujourd'hui.

UN DRAME JUDICIAIRE

La petite ville de L.... était pleine d'émotion le 6 août 185., jour du jugement d'une fermière des environs, accusée d'avoir voulu faire assassiner son amant pour rentrer en possession de sa correspondance.

Les acteurs du drame étaient vulgaires; toutefois il n'était bruit dans les salons de la ville que de lettres passionnées écrite par une femme de campagne à un homme qui s'était fait une arme de cette correspondance et en avait donné communication au parquet.

Les procès d'adultère et de séparation de corps sont le meilleur livre où puisse être étudié le cœur humain.

On le voit battre, on en compte les pulsations.

Dans ces procès, sont livrés au public des billets spirituels comme ceux de Mme de Sévigné, tendres comme les lettres de Mlle Lespinasse, enflammés comme celles de sainte Thérèse, quelques lettres sans orthographe, presque toutes pleines de sentiment.

Aussi ne manquai-je pas à l'audience du tribunal correctionnel de L.... le jour des débats.

Une foule considérable s'était emparée de la salle, composée plus spécialement des habitants du village où avait eu lieu le drame.

L'accusée entra, escortée de deux gendarmes, et le silence se fit tout d'abord. Un mouchoir sur la figure, la fermière semblait accablée de sa situation. Vêtue d'habits noirs, la pauvre femme paraissait affaissée sous la douleur : le désespoir se faisait jour dans chacun de ses mouvements.

J'ai une médiocre sympathie pour les dames idéales un peu voleuses, beaucoup empoisonneuses, qui écrivent des Mémoires remplis d'aspirations poétiques, et je n'irai certainement pas faire résonner les cordes d'un luth harmonieux sous les fenêtres de leur prison. Pourtant quoique le mariage ne me paraisse pas mériter les gros volumes d'attaques dont les bas-bleus ont abusé, je fus pris de pitié pour la fermière.

Le crime dont elle était accusée ne portait pas sur l'adultère, mais sur un guet-apens où, d'accord avec un garçon de ferme, cette femme avait voulu faire tomber son amant.

Sur le même banc, à ses côtés, était assis le paysan, son complice, une figure sans intérêt.

La lecture de l'acte d'accusation fit connaître les relations qui existaient entre la paysanne et un garçon, dont la profession était de faire danser aux fêtes la jeunesse des environs. La liaison fut courte, les lettres de la fermière nombreuses.

Un jour, comprenant sans doute la faute de s'être donnée à un être vulgaire, la fermière pria son amant de lui rendre ses lettres. L'amant fit d'abord la sourde oreille, et enfin, pressé, promit d'échanger la correspondance contre cinq cents francs.

Homme pratique que ce ménétrier !

Cinq cents francs sont rares aux villages, les paysans enfouissant plutôt l'argent en semailles qu'au fond d'une armoire. Le ménage était aisé; mais le mari faisait fructifier sa terre, et, d'un autre côté, la fermière n'avait pas les clefs de la caisse. La femme supplia, se jeta aux genoux de son amant, qui tint bon.

L'homme ne voulait pas avoir perdu son temps !

L'affaire parut en rester là jusqu'au jour où la fermière offrit à son amant le tiers de la somme, qu'il refusa. De même pour la moitié. Le ménétrier tenait à ses cinq cents francs !

Un homme qui vend à sa maîtresse les lettres qu'il tient d'elle ne saurait être classé dans le petit troupeau des honnêtes gens. La fermière redoutait les indiscrétions du ménétrier, répandu dans le canton par sa profession. Toute liaison avait cessé, premier motif de vengeance. De vagues menaces étaient allées au cœur de la pauvre femme, qui craignait autant les propos de l'homme que le colportage de sa correspondance. Le mari pouvait être instruit de la faute de sa femme ; des preuves existaient, un complice qui ne reculait devant aucun moyen. Ce sont là de cruels châtiments qui sans excuser une faute la pallient.

Éperdue, se sentant sous la domination d'un homme méprisable, la fermière lui fit savoir que, tel jour, à telle heure, dans un certain endroit, la somme demandée serait comptée en échange des lettres.

L'amant accepta le rendez-vous et s'y rendit au jour et à l'heure convenus. Il avait à traverser, avant d'arriver, un chemin creux entre deux monticules couronnés de buissons épais. C'était à la nuit tombante. L'homme sifflait. Tout à coup il entend un menaçant : *halte-là !* Il s'arrête, lève les yeux et, effrayé, aperçoit entre les buissons le canon d'un fusil.

Au même instant, un paysan descend vivement dans le chemin creux et, armé du fusil, tient en joue le ménétrier qui, malgré son effroi, reconnaît le garçon de labour de la ferme.

« Les lettres, s'écrie celui-ci, ou tu es mort! »

Une lutte s'engage entre les deux hommes. Le ménétrier, après quelques coups, est jeté à terre, fouillé par toutes les poches. Peine inutile!

Défiant comme tous les paysans, le musicien était allé au rendez-vous pour s'assurer de la couleur de l'argent; mais, de crainte de quelque machination, la correspondance était en un endroit sûr.

Le garçon de labour, qui n'avait pour mission que de s'emparer des lettres, lâche le séducteur après l'avoir bourré de coups de poing; mais à partir de cette aventure, le ménétrier, n'ayant plus de ménagement à garder, raconta dans le village le guet-apens auquel il avait échappé et les causes du guet-apens.

Naturellement la justice eut vent de l'affaire; une instruction s'ensuivit, qui amena la fermière sur le banc de la police correctionnelle. C'est ce qui expliquait l'empressement des paysans du canton et des dames de la ville, curieuses de voir de près la criminelle.

Pendant la lecture de l'acte d'accusation, la fermière ne poussa qu'un long sanglot qu'elle étouffait en mordant son mouchoir. Au-dessous d'elle son avocat, à grandes oreilles qui s'aplatissaient sur le velours de la toque, écoutait avec indifférence l'acte d'accusation.

L'interrogatoire força la fermière de montrer son visage, auquel les yeux rougis par les larmes n'enlevaient pas une distinction naturelle; mais quand l'audiencier appela le principal témoin, un murmure particulier annonça que la curiosité de l'assemblée allait enfin être satisfaite.

Ce don Juan de village, qui en voulait autant à la bourse qu'au cœur de ses amoureuses, était un garçon de vingt ans, content de sa personne, et ne paraissant pas se douter du triste rôle qu'il jouait en cette affaire. Une touffe de cheveux portait sur sa tempe droite, à la manière des *farauds* de campagne, et, quand il parlait de la fermière, c'était avec le sourire du renard qui regarde de loin un piége.

Il parla sans gêne de ses amours, dit que, voulant venir à Paris, il avait besoin d'argent, et expliqua comment la fermière devait subvenir à ses frais d'installation dans la capitale.

Le ménétrier parla librement, avec une sorte de sincérité cynique, et je fus étonné que le président ne lui adressât pas quelques sévères paroles sur sa honteuse spéculation.

La victime était l'accusée, le témoin le coupable.

Coupable le misérable de ne pas avoir rendu les lettres à la fermière qui les lui demandait;

Coupable d'en avoir fait marché;

Coupable d'avoir donné de la publicité au déshonneur d'une femme;

Coupable d'avoir porté le trouble dans un ménage.

La fermière, qui perdait la tête, s'était confiée à un brave valet de ferme et lui avait mis entre les mains une mauvaise arme hors d'état de servir.

Il fut même démontré que le fusil n'avait pas de batterie. Et le crime pour lequel étaient accusés la fermière et le garçon de labour était énoncé : — *Attaque à main armée sur un chemin public!*

Singulier procès! Je n'ai pas l'intention de reviser le Code; mais quand j'entendis l'avocat, j'aurais voulu plaider l'affaire. Cet homme aux larges et plates oreilles semblait n'avoir rien retenu des débats. Il ôta sa toque, et son crâne apparut aussi nu que son éloquence. Il fit une longue péroraison sur sa toge, comme s'il avait voulu l'innocenter; en effet, elle était complice de vulgarités qui, pendant une heure, s'échappèrent d'une bouche sans accents.

Quel enseignement fût résulté d'un tel procès si l'avocat, changeant les rôles et devenant accusateur, eût pris à parti le dénonciateur, l'homme qui avait perdu de réputation une femme coupable seulement d'un moment d'oubli!

Les premières lettres de la fermière étaient pleines de passion. Peu à peu le repentir s'y glissait. Une tentative de suicide, provoquée par la honte et le remords, n'avait manqué que par l'assistance imprévue du garçon de ferme, qui par là fut initié au drame. L'avocat n'en sut rien tirer. Cet être aux oreilles plates me faisait pitié.

Le bruit courait parmi le public que le mari était dans la cour du tribunal, attendant la décision des juges avec anxiété. La vulgaire robe noire omit ce détail.

Chacun dans l'audience avait été ému de la contenance de l'accusée, de ses remords, de la honte qui coulait avec ses larmes. L'avocat aux plates oreilles fut le seul à ne pas s'en inquiéter.

Quoi de plus facile que de montrer la femme séparée de ses enfants, abandonnée de son mari, pour un moment d'oubli de ses devoirs!

Et quel enseignement fût résulté d'un tel procès, si l'avocat, s'adressant au séducteur, se fût écrié : « Vous avez perdu une pauvre femme. Misérable, c'est à vous de monter sur le banc des accusés! »

Pendant que le tribunal délibérait, je suivis les paysans qui se formaient en groupes dans la cour et discutaient l'affaire.

A son tour descendit le principal acteur du drame, le ménétrier.

Sans doute cet homme sans pudeur allait être chassé, conspué comme il le méritait. Aucun village des environs ne voudrait le recevoir. L'homme était désormais voué au mépris. Chacun devait faire des vœux pour l'acquittement de la fermière; la malheureuse repoussée du foyer domestique, ne méritait-elle pas la pitié?

Plein d'assurance, le ménétrier vint se mêler aux groupes et reçut les félicitations des paysans.

On parlait avec chaleur de la conclusion de l'affaire. Tous opinaient pour la condamnation de la pauvre femme, tandis que, souriant, le musicien était complimenté sur son astuce.

O paysans, qu'on vous a faussement dépeints!

Le ménétrier leur semblait supérieur parce qu'il avait triomphé de la femme, et qu'à leur sens la force doit toujours rester à l'homme. Les paysans ne se disaient pas que le musicien était un malhonnête homme. Ils l'admiraient pour sa subtilité de n'avoir pas porté les lettres au rendez-vous.

Pour complicité dans une attaque à main armée sur la voie publique, la fermière fut condamnée à six mois de prison.

Tristement je sortais avec la foule lorsque la fermière apparut dans la cour, reconduite à la prison.

Un homme se précipita tout à coup sur son passage, et la tint serrée dans ses bras.

C'était le mari, les yeux pleins de larmes.

« Pauvre Thérèse, s'écria-t-il, ne m'oublie pas! Je sais bien que tu n'es pas coupable! »

LA CHANSON DU BEURRE DANS LA MARMITE

Il faisait grand soleil dans la prairie. Caché par l'ombre d'une cabane, un pauvre fourneau de terre était brûlé jusqu'à la moelle par les charbons allumés.

Pour plus de fatigue, une lourde marmite de fonte, noire comme la poix, s'était installée sur le fourneau. Encore si ç'avait été une gaie marmite de cuivre qui rit au soleil!

Mais les individus de lourde apparence sont souvent les plus joyeux compagnons. Une petite voix grésillante sortit tout d'un coup des entrailles de la marmite, et chanta la chanson suivante :

« J'ai été brin d'herbe, vert et frais; j'avais pour camarades d'autres brins d'herbe, verts et frais comme moi.

« Tous les matins nous buvions un grand coup de rosée, qui est la plus douce des liqueurs.

« A neuf heures, le soleil venait nous réchauffer et hâter la digestion.

« Et puis, c'était le vent qui nous baisait la tête en mesure; sitôt qu'il était parti nous relevions la tête.

« Quelle joie!

« Le soir, venaient les amoureux bras dessus bras dessous; et nous nous réunissions tous les compagnons brins d'herbe, afin que les amoureux pussent marcher avec plus de douceur.

« Quand ils avaient longuement soupiré, les amoureux rentraient au logis; nous buvions encore un grand coup de rosée pour nous refaire l'estomac.

« Un matin, il est arrivé dans la prairie des bêtes énormes, qui nous cassaient la tête de leurs cris.

« La femme qui les menait a crié : « Eh! garçon, « fais attention que les vaches ne s'écartent point « du pré! »

« Une vache s'avança vers un ressemblement de brins d'herbe qui se tenaient à part. C'étaient nos seigneurs à cause de leur grande taille.

« La vieille ne fit ni une ni deux; elle ouvrit une grande gueule et avala nos seigneurs.

« Plus mort que vif, je tremblais de tous mes membres. Dans d'autres occasions j'aurais versé une larme sur le sort de nos seigneurs.

« Mais je ne pensai qu'à moi. « Si cette bête « avale ainsi, me dis-je, les puissants brins d'herbe, « quel sort nous est réservé à nous autres misérables! »

« Ce fut ma dernière pensée. La vache vint à moi avec ses grands yeux. Je ne sais plus ce qui arriva; moulu, broyé, je disparus dans de longs corridors chauds et obscurs, où je retrouvai nos seigneurs prisonniers.

« Dans quel état, hélas ! Aucun d'eux n'avait forme de brin d'herbe; nous étions tous mouillés et serrés comme des harengs.

« Malgré ce déplorable événement, je tâchai de conserver ma présence d'esprit.

« Au bout d'une demi-heure, ce fut un voyage sans fin, un roulis à rendre l'âme.

« Nous entendions dans l'ouverture de la bête un tapage effroyable, comme quand elle nous broyait.

« Il n'arrivait cependant pas de nouveaux brins d'herbe, mais des bouffées d'air à renverser des maisons.

« Notre compagnie diminuait à vue d'œil. L'animal avait sans doute plusieurs cachots à sa disposition, et il faisait son choix parmi les brins d'herbe.

« Ainsi nous vîmes diparaître près d'un quart de nos compagnons; ils partaient pâles et défaits, comme s'ils eussent deviné leur sort.

« Une seconde bande les suivit de près et s'engloutit dans des souterrains dont la pensée me fait frémir.

« Je fus assez heureux pour loger, avec nos seigneurs, dans de petits canaux pleins de rouge liqueur assez semblable au vin vieux.

« Rien ne nous indiquait l'heure dans cette obscurité ; le temps nous parut bien long.

« Beaucoup plus tard, la vache recommença ses hurlements; et il me sembla démêler qu'un étranger se livrait sur sa personne à des attouchements singuliers.

« Tout d'un coup, par un miracle, nous voyageons dans cette rouge mer qui nous servait de prison, et, tous ensemble, nous tombons dans un vase plein d'une liqueur blanche.

« Que de mystères !

« La femme qui nous avait délivrés emporta le vase qui nous servait d'asile.

« A partir de ce moment, je n'entendis plus parler de la vache.

« Eh ! Marianne, dit la fermière, écrème le « lait.... si tu ne te dépêches pas, nous serons en « retard pour le marché. »

« La servante apporta des vases de fer-blanc; nos seigneurs et quelques-uns des compagnons brins d'herbe, nous étions épaissis et légèrement colorés.

« Le fouet claque, les roues grincent, les coqs chantent, les poules fuient, la voiture marche.

« Nous voilà transportés dans une nouvelle prison pleine de bonnes odeurs qui sentaient bon comme l'air du matin.

« La servante arriva, un foulon à la main, et se mit à nous battre, à nous fracasser les membres avec une ardeur sans égale.

« Que de coups ! Et pour couvrir nos plaintes et nos gémissements, la cruelle femme chantait à tue-tête des poésies sans valeur :

« J'ai couru dans les bois, Coulinette,
« J'ai couru dans les bois, Coulinau;
« La branche accroche ma sarpinette,
« Sarpineau ! »

« Pendant une heure, elle nous rompit les membres de ses coups et les oreilles de sa chanson.

« Quand elle eut le gosier aussi fatigué que les bras, elle s'arrêta.

« La fermière décrocha des boîtes en bois sculpté, et nous enferma dedans.

« Enfin on nous permit de sortir de ce nouveau cachot. Eh bien ! en se regardant, les compagnons brins d'herbe n'ont pas été trop fâchés de se voir dans ce nouvel équipage.

« Nous étions jaunes comme du nankin, fermes et tendres à la fois ; sur notre dos était un petit dessin qui représentait un berger embrassant une bergère.

« Puis la fermière nous a enleveloppés de jolies feuilles vertes qui sentaient les bois.

« Cette après-midi on m'a coupé par le milieu du corps pour me jeter dans la marmite. Et, ma foi ! je ne me plains pas. Vive la joie ! »

Ainsi finit la chanson du brin d'herbe, qui se remit à chanter de plus belle quand la fermière lui envoya, pour lui tenir compagnie dans la marmite, de petits oignons.

Les oignons pleuraient, car ils ne sont pas philosophes.

www.ingramcontent.com/pod-product-compliance
Ingram Content Group UK Ltd.
Pitfield, Milton Keynes, MK11 3LW, UK
UKHW021654260726
13994UKWH00003B/1459